Una venganza muy dulce

Emma Darcy

HARLEQUIN®
Tiempo para ti™

NOVELAS CON CORAZÓN

Editado por HARLEQUIN IBÉRICA, S.A.
Hermosilla, 21
28001 Madrid

I.S.B.N.: 84-396-9178-5
Depósito legal: B-37516-2001
Editor responsable: M. T. Villar
Diseño cubierta: María J. Velasco Juez
Fotomecánica: PREIMPRESIÓN 2000
C/. Matilde Hernández, 34. 28019 Madrid
Impresión y encuadernación: LITOGRAFÍA ROSÉS, S.A.
C/. Energía, 11. 08850 Gavá (Barcelona)
Fecha impresión Argentina:10.2.02
Distribuidor exclusivo para España: LOGISTA
Distribuidor para México: INTERMEX, S.A.
Distribuidores para Argentina: interior, BERTRAN, S.A.C. Vélez
Sársfield, 1950. Cap. Fed./ Buenos Aires y Gran Buenos Aires,
VACCARO SÁNCHEZ y Cía, S.A.
Distribuidor para Chile: DISTRIBUIDORA ALFA, S.A.

Capítulo 1

COMO cada lunes, lo primero que hacían los empleados de Promociones Multimedia era ponerse al corriente de sus respectivos fines de semana. Nick Armstrong solo intercambió con ellos un breve saludo en su camino al despacho. De cerca, lo seguía Leon Webster, su socio y amigo. En el momento en que se cerró la puerta, soltó toda la furia contenida. Leon era la única persona que podía entenderlo.

–¿Sabes qué me dijo Tanya el sábado cuando la llamé para cancelar una cita por enésima vez? –explotó Nick.

–Sin lugar a dudas, algo para cortar contigo –le contestó la voz de la experiencia.

Nick sonrió al recordar que Leon acababa de romper con la mujer con la que había estado conviviendo.

–Me dijo que lo único que yo quería era tener una muñeca a mi disposición para cuando me apeteciera jugar con ella.

–No suena mal, una muñeca nunca se pelearía contigo.

–Mejor aún sería si fuera un hada de cuento.

–Sí. Hermosa, con estilo, el pelo largo y rubio, los ojos grandes, una sonrisa capaz de derretir el corazón de cualquier hombre...

–...y con una varita mágica para darme energía. En la situación en que me encuentro decepcionaría hasta a una muñeca. Leon, tenemos que hablar seriamente.

–¿Sobre mujeres? –preguntó con ironía.

–Sobre negocios –le contestó Nick con una mirada furiosa, mientras rodeaba su mesa y se desplomaba en su sillón–. Siéntate y borra esa estúpida sonrisa de la cara. Te estoy hablando en serio.

–De acuerdo –susurró Leon conteniendo la risa mientras se sentaba.

Nick no estaba de humor. Era una persona bastante seria, un genio creativo y experto en ordenadores. Y aunque a veces necesitaba que lo animaran un poco, aquel no era el momento, decidió Leon.

Los dos amigos eran bastante diferentes. Nick era alto, tenía el pelo negro, los ojos azules y su cara y su cuerpo llevaban el sello de la masculinidad. Leon no era tan atractivo, sin embargo, nunca se sintió acomplejado porque poseía el don de la palabra y con ella conquistaba a todas las mujeres.

En el trabajo también formaban un buen equipo: el rey del diseño y el vendedor perfecto.

–¡A los negocios! –dijo Nick golpeando el escritorio con el índice para poner énfasis–. Ya sabes cómo ha despegado el tema de Internet. Me está desbordando. Vamos a necesitar dos nuevos diseñadores gráficos para sacar el trabajo adelante.

–Eso significa que nuestros beneficios se verán mermados –advirtió Leon.

–No importa. Necesito tener una vida propia –contestó cortante.

–¿Solo porque a Tanya le haya dado una pataleta por no tenerte en exclusiva? Ella no es tu dueña y escúchame...

–Siempre te escucho, Leon. Eres un vendedor fantástico y nos va fenomenal, pero no pienso seguir trabajando a este ritmo.

–¡De acuerdo! ¡De acuerdo! –dijo levantando las manos–. Mientras seas tú el que habla y no Tanya... Siempre dijiste que trabajaríamos duramente hasta los treinta años.

–Te recuerdo que voy a cumplirlos la semana que viene. Además ya nos embolsamos unos cinco millones de dólares cada uno el año pasado.

–Y este año podría ser el doble.

–Tú ya has pagado un precio muy alto. Perdiste a Liz.

–¡Ya estamos! ¡De vuelta con las mujeres!

–Mira, Leon, quiero una vida independiente del trabajo. Ya estoy harto. Necesito más empleados.

–De acuerdo. Tú ganas. Te buscaré a alguien bueno.

Nick levantó dos dedos.

Leon suspiró. Otros dos sueldos.

–Te traeré a un diseñador realmente bueno y a

otro que acabe de terminar la carrera. Nosotros lo prepararemos. ¿Qué te parece?

–Tacaño.

–De eso nada. Es de sentido común y tú lo sabes.

Nick estaba de acuerdo, pero no quería dar su brazo a torcer.

–Ponte manos a la obra y no me des más largas. No me importa lo que cueste. Nos resultaría infinitamente más caro si yo explotara.

–Ni lo menciones. Tus deseos son órdenes –dijo Leon–. Seguro que Tanya va a tu fiesta de cumpleaños. Le gusta mucho todo lo que el dinero puede comprar. Recuerda eso cuando vuelva a apretarte las tuercas –añadió Leon mientras salía del despacho.

Con los nervios de punta y disgustado con su mundo, Nick se volvió hacia el ordenador, lo encendió e intentó ponerse a trabajar. Pero las palabras de Leon aún resonaban en su cabeza. Tanya había concluido la discusión diciéndole que la fiesta era su última oportunidad. Si para entonces no había reorganizado su vida...

Su rostro se oscureció. Había ido demasiado lejos pidiéndole que acoplara su vida a la de ella. Y Leon tenía razón. A Tanya no la molestaba que se gastara todo el dinero con ella. Siempre le pedía que la llevara a los restaurantes de moda, que consiguiera los mejores asientos en los últimos espectáculos...

En realidad, no es que le importara demasiado. ¿Para que servía el dinero si no era para comprar

los placeres de la vida? Sin embargo, Tanya no
estaba aportando mucho a la diversión; de hecho,
se estaba convirtiendo en un verdadero fastidio.
Sus broncas de última hora hacían que no le apeteciera tener relaciones sexuales con ella. Realmente, lo que le faltaba no era energía, sino apeti-
to sexual.

Su última oportunidad...

Sería mejor acabar con ella antes de la fiesta.
Ella no quería faltar. ¿Quién querría? Leon había
organizado una verdadera celebración. Servida
por los mejores restauradores, con banda de jazz...
Todos los hombres de éxito de Sidney estarían allí
para que ella les echara el ojo.

«Déjala», pensó Nick fríamente.

Quizás él también podría echarle el ojo a alguien. Estaba seguro de que tenía que haber alguna mujer más divertida y que se adaptara mejor a
su forma de vida. Que no le importara ocuparse
de sí misma mientras él se dedicaba al apasionante mundo de los negocios.

Mientras Leon se dirigía a su despacho iba
pensando en Tanya. ¡Ojalá ese último comentario
abriera los ojos de Nick! ¡Menuda loba! Quizás
debiera invitar a algunas chicas para mostrarle a
su amigo que tenía dónde elegir. Seguro que muchas mujeres estarían encantadas de estar con él
sin pedir tanto a cambio.

O mejor aún...

Leon sonrió.

Podía llevar un hada que con una varita mágica que convirtiera a Tanya Wells en una fea rana.

La sonrisa se convirtió en una verdadera carcajada al imaginárselo.

–Fiestas En Casa –anunció Sue Olsen–. ¿En
qué podemos ayudarlo?

–¿Tienen actuaciones para cumpleaños? –respondió una voz masculina.

–Sí. Por supuesto. ¿Qué le gustaría?

–Me gustaría que un hada de cuento con varita
mágica cantara el Cumpleaños Feliz. ¿Sería posible?

Sue sonrió a su socia, Barbie Lamb, que todavía se sentía agotada: el día anterior, había tenido
que hacer de payaso para treinta bulliciosos críos.

–Tenemos el hada ideal –respondió con orgullo.

Barbie la miró con ojos cansados. Ella misma
necesitaba una varita mágica para animarse un
poco. Las cuatro fiestas para niños de ese fin de
semana la habían dejado sin energía. Sin embargo, el nuevo papel de hada podía significar un
respiro.

–¿Para cuándo? –preguntó Sue.

–Primero quiero comprobar la mercancía –respondió el cliente–. Usted ha dicho perfecta, pero
yo necesito que sea preciosa...

–Absolutamente preciosa –le aseguró mirando
a Barbie.

–¿Con el pelo rubio y largo? ¿Suelto... como
flotando sobre sus hombros?

–Esa es su descripción exacta.

—¿Y su sonrisa? ¿Tiene una sonrisa bonita?

—Una sonrisa de quitar el hipo. Cualquier dentista se sentiría orgulloso de ella.

—¿Y es muy alta?

—Bueno, es un poco más alta que la media, pero no llega a la altura de una modelo.

Barbie hizo una mueca desfigurando sus bonitas facciones para parecer una bruja. Sue le sacó la lengua.

—¡Fantástico! —respondió el cliente entusiasmado—. Suena bien. Una pregunta más. ¿Cuáles son sus medidas?

—¿Qué?

—Sus medidas. Ya sabe. Es preciso que tenga un cuerpo sexy.

—¡Hum!

La palabra sexy había hecho sonar campanas de alarma en la mente de Sue. Alguna vez, habían recibido llamadas extrañas y sospechó que esa fuera una de ellas. Mejor sería aclarar las cosas.

—¿Estamos hablando de una fiesta para niños?

—No, no. No habrá niños.

—¿Se trata entonces de una despedida de soltero? —preguntó Sue con dulzura para sonsacarle.

—Créame. No hay ninguna boda en el aire —respondió con ironía—. Se trata de una gran fiesta para el cumpleaños de mi amigo y me gustaría darle una sorpresa.

—¿Habrá mujeres también?

—Sin lugar a dudas. Se puede decir que los solteros y solteras de la jet de Sidney estarán allí. Le puedo asegurar que no hay nada secreto ni oscuro

–añadió presintiendo las sospechas de la mujer–. Se va a celebrar en una carpa en la Colina del Observatorio.

–Ya entiendo.

Sue atisbó una oportunidad única. Un grupo de solteros codiciados era una ocasión demasiado atractiva.

–Bien. Pero debo insistir en acompañar a mi hada para asegurarme de que no va sufrir ninguna... digamos ofensa.

–Por mí está bien. Puede unirse a la fiesta después –ofreció–. Pero, ¿seguro que es sexy?

–Tiene una figura estupenda. Pero no me gustaría que nadie se formara una idea equivocada sobre el motivo de su presencia en la fiesta –añadió Sue con cautela–. Solo se trata de un hada de cuento cantando el Cumpleaños Feliz, ¿verdad?

–Así es. Por cierto, ¿canta bien?

–Si le sirve de algo, le diré que ha recorrido el país como cantante profesional.

–¡Genial!

«Esto le va a costar un pico, caballero», decidió Sue mientras procedía con los detalles. Con gesto muy profesional, cuadriplicó los honorarios por tratarse de una celebración nocturna y, además, añadió un plus de peligrosidad. No era que pensara que se trataba de un trabajo peligroso, pero creyó que el dinero extra estaba justificado.

Barbie estaba impresionada con la cantidad que Sue había pedido por la actuación. Ya no tendrían problemas para llegar a fin de mes; desde que habían comenzado con su empresa de animación, Fiestas En Casa, siempre habían tenido dificultades. Pero, al menos, tenían un trabajo estable. Antes se dedicaban a recorrer el país actuando, lo cual era tan divertido como poco rentable.

Al escuchar a Sue le quedó claro que no se trataba de una actuación para niños. Y aunque no le gustase mucho la idea, no tenía mucha elección: debía pagar el alquiler de un piso de dos habitaciones y mantener un coche, y eso sin mencionar la comida y las otras facturas.

–Lo conseguí –dijo Sue triunfante cuando colgó el auricular. El símbolo del dólar brillaba en sus ojos verdes. En ese momento, podría pasar por un duendecillo por la melena pelirroja alborotada y la cara de pilla que tenía.

–¿Qué es exactamente lo que has conseguido? –preguntó Barbie con cautela.

–Ni siquiera dudó un instante cuando le dije el precio. Debe de estar forrado y no le importa gastar. Me encantan los hombres así –dijo Sue, rebosante de alegría.

–¿Seguro que no se trata de un viejo verde?

Sue sonrió.

–En todo caso, sería un joven verde porque debe de tener unos treinta años. Además, es soltero y copropietario de Promociones Multimedia. Quizás podría hacernos una página web y así conseguir clientes de Internet –añadió Sue pensativa.

–Ni siquiera tenemos ordenador –le recordó Barbie con aspereza. Con frecuencia, la mente de

Sue echaba a volar y después era bastante difícil hacer que volviera a la tierra.

—Solo pensaba en el futuro —dijo encogiéndose de hombros—. Esta es una oportunidad magnífica para nosotras, Barbie. Además, piensa en todo ese dinero...

—Cuando bajes de la nube, ¿podrías explicarme de qué va el trabajo?

Así lo hizo mientras recorría el comedor bailando y saltando. Le contó todos los detalles de la actuación y la invitación para quedarse después y mezclarse con la jet de Sidney.

Barbie tuvo que admitir que sonaba interesante, sobre todo, si tenían en cuenta la escasa vida social que habían tenido últimamente.

—¿Cómo se llama el tipo? Él que ha contratado la representación de hada —preguntó, pensando que podrían intentar obtener información sobre él antes de la actuación.

—Leon Webster.

Su corazón dio un vuelco al escuchar el nombre. «¿Leon...? ¿No se llamaba así un amigo de la universidad de Nick? ¿Un tipo que tenía mucha labia?».

—¿Y su socio? ¿El del cumpleaños? —preguntó para asegurarse.

—Nick Armstrong. —contestó Sue y se puso a cantar—:¡Cumpleaños feliz, cumpleaños feliz...!

—¡Basta ya! —gritó Barbie.

Las emociones que evocaba ese nombre eran demasiado fuertes. Sue se quedó helada.

—¿Qué pasa? —le preguntó mirándola como si se hubiese vuelto loca.

Los peores recuerdos de su vida vinieron a su mente. La evocación del daño y la humillación sufridos le borró el color a su rostro.

–¿No te acuerdas?

–¿Acordarme de qué? –preguntó su amiga claramente sorprendida.

Los preciosos ojos grises de Barbie se convirtieron en dos puñales helados al recordar al hombre que le había roto el corazón en mil pedazos.

–Hace nueve años le canté a Nick Armstrong su canción de cumpleaños.

–¿Sí? –preguntó Sue que no se acordaba de nada.

–Sí. Ya te lo conté todo en su momento. Como me... Nunca, nunca volveré a cantar para él.

–¡Ya me acuerdo! ¿Aquel chico con el que tuviste una mala experiencia cuando éramos niñas?

–¡Yo tenía dieciséis años! –tronó la voz de Barbie.

Había amado a Nick con todo su ser y él la había cambiado por una fulana sexy con un coche llamativo. Le había demostrado que no era la persona que ella pensaba, sino una rata materialista. Sin embargo, ese descubrimiento no había mitigado el dolor.

–Ha llovido mucho desde entonces, Barbie.

Era cierto. Pero aún arrastraba el daño sufrido. Nunca había vuelto a experimentar lo mismo por ningún otro hombre. Ni siquiera algo parecido. Ya no confiaba ni en el amor ni en los sueños.

–Se trata de una actuación de diez minutos –argumentó Sue–. Lo suficiente para recuperarnos

económicamente –puso las manos juntas en actitud de súplica–. Además, probablemente ni te re-
conozca. Recuerdo que tenías un aparato en los
dientes y llevabas el pelo corto y mucho más claro, casi blanco... También usabas gafas en lugar
de lentillas y estabas delgadísima...

–No es eso. No pienso cantar para él. Hazlo tú
si quieres.

–Sí, claro. Como si yo fuera rubia, preciosa y
sexy. Vamos Barbie, la actuación de hada es tuya,
te describió a ti.

–Cancélala entonces. Que busque a otra.

–¿Y perder todo ese dinero? Por no mencionar
todo lo demás. Será mejor que te sientes, te cal-
mes un poco y pienses fríamente en todo esto. Si
el solo hecho de pensar en él te hace tanto daño
después de nueve años, es que tienes un problema. Lo mejor será que le hagas frente y lo solu-
ciones.

Barbie se sentó. No quería discutir con su amiga, pero estaba decidida a seguir en sus trece.

–Recuerda la otra cara de nuestro negocio,
Flores Secas –le dijo Sue sentándose en el brazo
del sillón.

Algunos clientes las contrataban para que lle-
varan un ramo de flores marchitas a alguien que
les había hecho daño. Se trataba de una salida
bastante inofensiva a unos sentimientos de frustración e ira, casi se podía decir que era saludable.
Al menos, evitaba que la gente hiciera cosas peores y les daba la satisfacción de hacer algo en lugar de quedarse de brazos cruzados.

A Barbie no le gustaban esos encargos. Normalmente, era Sue la que se dedicaba a hacerlos, además, a ella se le había ocurrido la idea. Con todo, no tenía la menor intención de enviarle un ramo de flores mustias a Nick. No quería tener ningún contacto con él.

—Olvídalo, Sue. Preferiría enfrentarme a una serpiente y ya sabes cómo las odio.

Con un escalofrío, Barbie se alejó de su amiga. Podía acorralarla todo lo que quisiera porque en este asunto no pensaba cambiar de opinión.

—Olvida las rosas mustias. No estaba pensando en eso.

—Entonces, ¿por qué lo has mencionado?

—Porque no hay nada como vengarse cuando alguien te ha hecho alguna faena —continuó Sue comenzando a entusiasmarse—. Ser el último que se ríe es fantástico. Después, puedes continuar con tu vida sabiendo que has quedado encima.

Barbie le lanzó una mirada de cansancio. Pero Sue no desistió.

—La venganza es dulce —declaró saboreando sus palabras. Sue tenía un brillo especial en los ojos. Extendió las manos como una bruja apunto de realizar un encantamiento:

—Imagínate esto, Barbie...

Capítulo 2

BARBIE tenía los nervios de punta durante la espera; estaba literalmente temblando. No debía haber permitido que Sue la convenciera; ni siquiera con el argumento de que la mirada petrificada de Nick Armstrong repararía todas sus heridas.

«Dulce venganza», le había dicho. Pero en ese momento, no creía que la representación pudiera servir de nada. Se disgustaría enormemente si Nick no la reconociera o no la recordara, pero también la molestaría todo lo contrario.

Sin embargo, allí estaba, en la puerta de una carpa en la Colina del Observatorio. Demasiado tarde para cancelar la actuación. En el interior, alguien estaba leyendo un discurso que provocaba verdaderas carcajadas. Había alrededor de cien invitados, todos vestidos de noche. Sue había podido comprobar que se trataba de una multitud adinerada.

Los laterales de la carpa eran de plástico transparente para que los invitados pudieran disfrutar de las hermosas vistas. Se veía todo el puerto, el espléndido puente colgante y el maravilloso espectáculo de luces que ofrecía Sidney de noche.

Barbie estaba esperando fuera, escondida tras el coche, mientras su amiga observaba los acontecimientos desde la puerta. Cuando llegara el momento oportuno, le haría la señal acordada.

La proximidad del coche la consolaba un poco: al menos podría salir corriendo si algo salía mal. Diez minutos, pensó, solo diez minutos haciendo de hada y después podría marcharse. Sue se había vestido elegantemente para la ocasión: llevaba un vestido de satén verde que se ajustaba perfectamente a su figura. Estaba muy atractiva. Era obvio que su intención era quedarse, pero le había prometido que ella misma la llevaría a casa si así lo deseaba.

La gente estalló en aplausos y el corazón de Barbie comenzó a latir desaforadamente. Sue levantó la mano, la señal para empezar. Barbie cerró los ojos durante un segundo y rezó para que sus alas no se desprendieran, para que la cola no se le enganchara en ningún sitio, para que sus cuerdas vocales no le fallaran, para que el mecanismo de los polvos mágicos funcionara a la primera. «Que sea una actuación perfecta», rogó.

Leon Webster sonrió a su audiencia cuando el aplauso cesó.

–¡Por favor! ¡Continuad en vuestros asientos! Tenemos una pequeña sorpresa para Nick. Espero que añada un poco de magia a este día tan importante de su treinta cumpleaños.

De las mesas se elevó un murmullo de curiosidad. Después, con paso altanero, se bajó del escenario y se dirigió a la mesa que compartía con su amigo. No cabía ninguna duda de que Leon tenía un buen día, pensó Nick. Había leído un discurso muy entretenido y ahora se sacaba otra sorpresa de la chistera.

En ese momento, comenzaron a escucharse exclamaciones de sorpresa: «¡oh! ¡vaya! ¡mira!» Nick se volvió. Al principio, no podía dar crédito a sus ojos: ¿una increíble y radiante rubia con dos alas transparentes? Después, cuando pudo verla mejor, lo entendió todo y estalló en carcajadas: su socio le había conseguido un hada de cuento ¡y con varita mágica y todo!

–Un poco infantil ¿No te parece Leon? –intervino Tanya.

Nick apretó los dientes mordiéndose la lengua para no mandarla a paseo. Pero Leon le lanzó una sonrisa de satisfacción.

–Le estoy ofreciendo a Nick un toque de romanticismo, Tanya. Realmente lo necesita.

Nick sintió cómo la mujer farfullaba algo. Ella, por supuesto, no podía entender la broma. Pero a él ya no le importaba lo que pudiera pensar o hacer. De hecho, si aquella varita la hacía desaparecer, mucho mejor.

Nick sonrió al hada. No la dejaría olvidada en una repisa si la tuviera para él y tampoco necesitaría mucha magia para reavivar su deseo. Era la mejor fantasía que había visto en carne y hueso. ¡Y menuda carne!

El traslúcido traje de noche brillaba con centelleos de plata perfilando unas fantásticas curvas. La tela ceñida revelaba que debajo no había ningún artificio. Todo natural y tan perfecto, que parecía que acababa de surgir de las páginas de un cuento.

Su preciosa cara estaba iluminada por una sonrisa que podría derretir el corazón de cualquier hombre. En el pelo llevaba una delicada tiara de brillantes que la hacían aún más hermosa. Todo su atuendo estaba rematado por dos alas tejidas con filigrana de plata.

Sin ninguna duda, un hada de verdad, pensó Nick anhelando que le concediera un deseo: que se quedara en la fiesta para hacer magia juntos.

Hasta aquí bien, se dijo Barbie. Le dolía la cara de tanto sonreír. Había logrado llegar al escenario sin ningún contratiempo. Su aparición estaba resultando una verdadera sorpresa y se sentía muy agradecida por lo bien que se estaban portando los invitados. Ni abucheos, ni silbidos, ni nada que pudiera desalentarla. Solo se escuchaba un murmullo de aprobación

Entonces, vio a Nick.

Leon le había dicho a Sue que estarían en la mesa de delante de la banda y allí estaban los dos. Leon lo señalaba para identificarlo como el invitado de honor mientras Nick le sonreía con cara de felicidad. Estaba más guapo aún de lo que lo recordaba. Llevaba una camisa azul que resaltaba su tez morena y realzaba el intenso azul de sus ojos. Unos ojos que se la estaban comiendo; como si ella fuera todo lo que pudiera desear.

Por un momento, el corazón de la chica brincó de traicionera alegría al pensar que Nick la adoraba. Pero, enseguida, cambió de opinión: era lujuria y no adoración lo que sentía. Probablemente, hubiese tenido la misma mirada si una chica en biquini hubiese salido de una tarta.

Una mujer estaba sentada a su lado. Tenía el cabello negro, los labios pintados de rojo y estaba enfundada en un vestido rojo de escote vertiginoso. Del mismo estilo que la fulana a la que había preferido cuando cumplió los veintiún años.

Barbie la odió a primera vista. Obviamente, el sentimiento era recíproco. El hada de cuento que tanto gustaba a Nick se le estaba atragantando a la mujer que lo acompañaba.

De manera inexplicable, un dulce sentimiento de posesión la recorrió de arriba abajo: esa vez iba a ganar ella. Le dedicó una sonrisa especialmente cálida a Nick y, con un seductor balanceo de caderas, se dirigió al micrófono.

Sue tenía razón acerca de la venganza. Si él acababa babeando tras ella esa noche, sería un bálsamo para su alma herida. Por supuesto, eso significaba que era una rata superficial, pero poder comprobarlo de nuevo la ayudaría a olvidarlo para siempre.

Los músicos estaban sonriéndole, claramente encantados con el éxito de su aparición. El director de la orquesta le guiñó un ojo y a ella se le ocurrió una idea malvada.

—¿Recuerda cuando Marilyn Monroe le cantó

el Cumpleaños Feliz al presidente de los Estados Unidos? –le susurró al director.

Él asintió con un brillo de complicidad en la mirada.

–Quiero ese ritmo, ¿puede ser?

–Lo que usted mande.

Barbie agarró el micrófono y tragó saliva para suavizar la garganta. Las imitaciones eran su fuerte y esperaba que esa le saliera bien. De todas formas, merecía la pena intentarlo. Si lo que le gustaba a Nick eran las chicas llamativas, ella iba a complacerlo.

Sue le hizo un gesto con el pulgar hacia arriba para desearle suerte.

Nick estaba atento al hada que estaba a punto de cantar para él, sin embargo, Barbie sabía que no se trataba de un interés sano, sino, más bien, de una atracción animal. Pero no le importaba.

La banda tocó las primeras notas. Barbie respiró hondo y se acercó el micrófono a la boca para que su voz sonara limpia y clara.

–Cumpleaños... feliz...

Paró para volver a tomar aliento Un murmullo de satisfacción recorrió la sala. Nick echó la cabeza hacia atrás riendo encantado.

–Cumpleaños... feliz... –volvió a repetir susurrando las palabras. La banda hizo una pausa hasta que la euforia general se calmó.

–Te deseamos... –añadió seductoramente.

Nick no sentía ni pizca de vergüenza. Tenía la cabeza ladeada como si estuviera hechizado, esperando más.

–...todos... –continuó con un gesto que parecía que le estaba enviando un beso.

–...cumpleaños... feliz –acabó la canción

La multitud de la carpa explotó en aplausos. Leon Webster se puso de pie con los brazos extendidos sintiéndose un magnifico anfitrión por haber llevado aquel fantástico espectáculo.

Pero Nick ni siquiera lo veía, no podía apartar la mirada de su hada maravillosa. Barbie, con una sonrisa seductora, dejó el micrófono en su sitio. Todo estaba a punto para el último acto.

–¡Ahora cantemos todos! –gritó Leon bailando por toda la carpa.

La banda comenzó a tocar un *Cumpleaños Feliz* más alegre y los que aún estaban sentados se pusieron en pie. Todos le cantaban al único hombre que permanecía en su asiento.

Mientras tanto, Barbie caminaba hacia él con la varita en alto.

Nick no tenía ojos para nadie más. Ni siquiera se acordaba de la mujer que tenía al lado. Estaba totalmente absorto en el hada.

Barbie caminaba embriagada. Por un lado, el nuevo sentimiento de poder era más excitante que cualquier aplauso que hubiera recibido jamás. Por otro lado, era plenamente consciente de cada parte de su cuerpo de mujer. Una sensación nueva y excitante. Sentía un hormigueo en los pechos y los pezones estaban tan duros que parecían que iban a salirse del vestido. Sus labios mostraban un gesto provocativo y sus caderas se balanceaban sensualmente con cada paso que daba.

Tenía a Nick delante, a solo un paso. Estaba todavía sentado, pero con la cabeza elevada hacia ella, transmitiéndole con la mirada la necesidad ardiente de conocerla más íntimamente. Era un milagro que, en esas circunstancias, pudiera recordar lo que tenía que hacer con la varita.

—Piensa un deseo —lo invitó con voz enronquecida mientras elevaba la varita sobre su cabeza y pulsaba el botón que lanzaba un chorro de polvo de estrellas. Le roció el pelo, la nariz, las mejillas... El brillo azul de sus ojos se intensificó haciendo su mirada más magnética.

Barbie se inclinó para posar un mágico beso en su mejilla. El corazón le palpitaba en las sienes, de manera que todo el bullicio de alrededor quedaba relegado a un segundo plano. Vio que él separaba los labios y no pudo resistir la tentación. En lugar de posar su boca donde debía, una fuerza irresistible la arrastró hacia la de él.

En el mismo instante en que se produjo el primer contacto, Barbie perdió todo el control sobre sí misma. Nick se puso de pie inmediatamente. Con una mano le sujetó la cabeza entrelazando los dedos en su pelo. Con la otra, la rodeó por la cintura y la aplastó contra él.

No se parecía en nada a ningún otro beso que le hubieran dado. Era un beso ardiente y tormentoso que le electrizaba cada nervio, un beso salvaje que reducía su mente a una vorágine de sensaciones fantásticas, un beso apasionado y demoledor que la embriagaba de tal manera, que se sentía incapaz de rechazarlo.

Estaba tan absorta, que no sintió que le quitaban la varita mágica de las manos; de hecho, ni siquiera sabía dónde las tenía.

De repente, sintió que la boca que le había ocasionado tanto placer se separaba con brusquedad de la suya. Entonces, oyó las rudas palabras:

–¡Qué demonios!

Con incredulidad, vio que la estrella de la varita mágica se estrellaba en la cabeza de Nick con las mismas intenciones asesinas con las que se utiliza un matamoscas. La estrella se rompió y el polvo del interior se derramó con el impacto.

–Te voy a dar a ti magia –gritó la voz de una mujer mientras se disponía a golpear de nuevo.

Nick logró sujetar la mano en su descenso.

–¡Déjalo ya, Tanya! –dijo crispado.

–¡Déjalo tú! –respondió ferozmente.

Un poco aturdida, Barbie miró a la atacante, sintiéndose totalmente ajena a semejante despliegue de ira.

–¿Cómo te atreves a besarla? ¿En mis propias narices? –siguió gritando mientras Nick intentaba quitarle la malograda varita.

Tanya logró zafarse de un tirón. Con una amarga sonrisa, elevó el brazo para asestar otro terrible golpe, esa vez destinado a la cabeza de Barbie.

–¡Y tú... vaca mágica... si quieres sexo, puedes irte a ordeñar a otro! ¡Nick es mío!

Esa vez, fue Leon el que consiguió parar la varita a mitad de camino, se la arrancó de la mano y la tiró a la pista de baile.

–¡Basta ya, Tanya!

Aunque desarmada, seguía completamente fuera de sí. Con los brazos en alto y las uñas erizadas como garras, se abalanzó sobre Barbie. Nick se interpuso entre las dos para frenar el ataque mientras Leon intentaba sujetar a Tanya. Todo había ocurrido tan rápidamente, que Barbie se sentía aturdida.

—¡Suéltame! —se agitó Tanya.

—No hasta que te tranquilices —le respondió Leon muy serio.

—¡Bien! —intervino Sue entrando en escena—. ¡Había dicho que no habría ofensas, señor Webster! —le recordó encolerizada.

Con las manos apoyadas en las caderas en actitud agresiva, miró con gran desprecio a Nick y a Leon.

—Señorita Olsen... Sue... —comenzó a decir Leon.

—Mi hada es forzada y ultrajada a los ojos de cien personas...

—No pude prever que sería tan atractiva...

—Le mandamos exactamente lo que pidió —le cortó en seco.

—Lo sé, lo sé, pero...

—Debía haber controlado la situación.

—Estoy en ello. Tanya, discúlpate con las señoritas.

—¿Señoritas? ¡No son mejores que las prostitutas! —chilló la mujer.

—Y siguen las ofensas — insistió Sue, mirando a Nick que todavía sujetaba a Barbie con una mano—. Sea tan amable de soltar a mi hada, señor. La voy a sacar de este infame escenario.

Cuando él retiró su cálido abrazo, Barbie sintió un escalofrío.

—Lamento muchísimo que las cosas se me escaparan de las manos.

—Quizás tome las riendas ahora —disparó Sue, mirando maliciosamente a Tanya—. Espero que el señor Webster nos acompañe a la salida para garantizar la seguridad de mi hada. Y permítame decirle señor... —sus ojos verdes cortantes se clavaron en Nick—... que su compañera no es una señorita.

—¿Quién demonios te has creído que eres? —aulló Tanya.

Sue la ignoró y se dirigió a Barbie.

—Vamos a recoger la varita.

Barbie suspiró profundamente para infundirse valor y se separó de Nick intentando mantener cierta dignidad.

—¡No te vayas! ¡Espera! —rogó Nick.

Barbie dudó un momento. Todavía se sentía atraída por el increíble magnetismo que ejercía sobre ella, pero logró resistirse. La venganza, decidió, era un juego muy arriesgado.

—¡Por favor, quédate!

Esa vez, se trataba de un grito de angustia que encogió el corazón de Barbie e hizo que se sintiera confusa. Antes de que pudiera responder nada, sintió un fuerte tirón en las alas y notó como estas se desprendían del vestido. Con un grito de horror, se volvió y se encontró a Nick haciendo malabares con las alas.

—Yo no... solo quería... —balbució Nick con expresión trágica

–¡Más ofensas! –le acusó Sue acaloradamente–. Señor Webster...

–¡Por Dios, Nick! –suplicó Leon–. Déjala y llévate a Tanya de aquí.

–¡No quiero a Tanya! –le gritó a su amigo–. ¡Por mí como si se tira de un puente!

–¡Eres un cerdo!

La morena se liberó de Leon y le arrancó a Nick las alas de las manos. Estas cayeron al suelo y entonces las pisoteó. Pataleó sobre ellas como si estuviera poseída. Los tacones de aguja de las sandalias parecían dos estiletes y las uñas rojas de sus pies, gotas de sangre sobre la seda plateada.

Una verdadera conmoción paralizó a todos durante unos segundos.

–¡Oh, no! –sollozó Barbie.

Aquello hizo reaccionar a Nick. Arrastró a la mujer histérica y la llevó al otro lado de la mesa, donde la sujetó con fuerza para evitar que siguiera causando daño.

Barbie se quedó mirando las alas rotas. Le habían llevado muchas horas y le habían quedado preciosas. Los ojos se le llenaron de lágrimas. Era como una profanación.

Alguien le tocó el brazo para llamar su atención y le ofreció la varita. La estrella colgaba al final del palo plateado. También estaba rota.

–Le vamos a pasar una enorme factura de indemnización, señor Webster –lo amenazó Sue.

–De acuerdo, la pagaré –prometió sin vacilación.

Leon las acompañó a la salida. Las alas quedaron en el suelo, donde Tanya las había dejado.

Capítulo 3

COMO cada lunes por la mañana, Leon se dirigió al despacho de Nick. Tenía la esperanza de que su amigo hubiese olvidado el incidente del cumpleaños; sin embargo, al entrar en el despacho, comprobó que aún seguía obsesionado con el tema.

—¿Qué están haciendo esas alas sobre tu mesa? —preguntó con exasperación.

Nick elevó su cara con una mirada de determinación.

—Voy a repararlas.

—¿Y cómo se supone que vas a hacerlo? —Tanya ha destrozado el tejido.

—Ya me he dado cuenta —le dijo amenazante—. Por eso necesito encontrar un género igual para poder cambiarlo. He pensado que no te importaría dejarme a tu secretaria esta mañana. Ella probablemente sepa...

—No puedes utilizar a Sharon para trabajos personales.

Una ceja negra se elevó retadoramente.

—¿No puedo?

—Esto es ridículo —exclamó Leon—. Dije que

pagaría la factura y lo haré. Tan pronto como llegue.

—Voy a arreglarlas —reiteró con resolución.

—¿Por qué?

—Porque quiero. Creo que significará algo cuando se las devuelva.

Leon lanzó un gran suspiro. Nick había perdido la cabeza.

—Solo era una actuación, una actuación por la que pagué, Nick, nada más.

—Se convirtió en algo más.

—¡De acuerdo! Era tan preciosa y atractiva, que te cautivó. Pero ni siquiera la conoces. Podría ser...

—No me importa ni lo que sea ni quién sea —dijo golpeando el escritorio mientras se levantaba—. Quiero volver a verla. Tengo que saber...

Nick se paseó nervioso por el despacho gesticulando con los brazos.

—Cuando la besé... Nunca había sentido nada así, en mi vida. Ella es diferente, Leon.

—Las hadas de cuento tienden a ser diferentes, Nick. Algo así como un sueño.

—No puedo dejarlo correr —dijo con resolución.

Leon podía reconocer un muro de piedra cuando lo veía.

—¿Ya la has encontrado? ¿Vas a quedar con ella?

La cara de Nick mostró frustración.

—Ayer me pasé el día llamando por teléfono a Fiestas En Casa y todo lo que conseguí fue un contestador automático. Esta mañana, por fin conseguí hablar con esa tal Sue Olsen, pero se negó a darme la dirección o el teléfono del hada. Iba contra las normas de la empresa.

«Bien hecho», pensó Leon. Fantasía y realidad eran diferentes y opinaba que ir tras un sueño era una pérdida de tiempo

Con una sonrisa, Nick murmuró:

–Pero lo voy a conseguir. Sue Olsen dijo algo sobre una actuación llamada Girasoles Cantantes. Le voy a pedir a mi hermana que contrate ese espectáculo para sus hijos. Mi hada es cantante... Quizás también sea un girasol.

La convicción desesperada en la voz de Nick le dijo a Leon que su amigo necesitaba ayuda urgente. Se temía que, si no se la daba, el trabajo no iba a avanzar mucho.

–No hace falta que hagas eso –dijo para tranquilizar a Nick.

–Haré lo que haga falta –respondió Nick de golpe con un brillo de determinación en la mirada–. Tengo que encontrarla.

–Por supuesto. Te entiendo perfectamente –añadió rápidamente Leon–. Antes de que acabe el día, tendré su dirección y teléfono.

Nick frunció el ceño.

–¿Cómo? –preguntó.

–Llamaré a Sue Olsen y la invitaré a comer como disculpa por el desastre del sábado; en el restaurante que ella elija. Le prometeré que le voy a extender un cheque por lo que quiera. La distraeré un poco y...

Como muy bien sabes, soy el mejor vendedor.

–¿Qué pasa con las normas de la empresa?

–Encontraré la manera de que se las salte. Confía en mí.

Nick suspiró. Después, sus ojos se empequeñecieron.

–¿No empeorarás las cosas?

Leon se rio.

–Esa pequeña pelirroja no se va a echar para atrás mientras tenga un buen negocio a la vista. Es un poco como yo. De hecho, creo que voy a disfrutar de la comida.

–De acuerdo. Pero ten cuidado, no lo vayas a fastidiar todo. Esto es realmente importante para mí.

–No te preocupes, Nick. Te lo prometo. Solo tienes que apartar esas alas de tu mesa y ponerte a trabajar mientras yo...

–Todavía pienso arreglarlas.

Leon apretó los dientes.

–De acuerdo. Pero no tardes mucho. No es una buena idea utilizar a la secretaria para asuntos personales. Además, tú también tienes mucho trabajo.

–Solo voy a pedirle consejo –le aclaró Nick.

–¡Bueno! Ya me contarás.

Leon se marchó echando humo.

«Mujeres».

Se había librado de Tanya para cargarse con otro problema. ¡Qué ironía! ¡Se suponía que el hada iba a solucionar las dificultades, no a crearlas! Debía haber contratado a una muñeca y no a una mujer de verdad. Gran error, Leon, se castigó a sí mismo.

Aunque había un rayo de luz en todo el asunto: una pequeña pelirroja. Guapísima.

Sí, seguro que iba a disfrutar de la comida con ella.

Barbie estaba intentando reparar la varita mágica cuando sonó el teléfono de Flores Secas. Lo miró con desagrado. Sue había salido a comer con Leon Webster, segura de conseguir un cheque por los daños ocasionados. Mientras tanto, ella se había quedado al cargo de los negocios. Pero a Barbie no le gustaba responder al teléfono de la venganza, como ella lo llamaba. ¿Por qué no había sonado el teléfono de Fiestas en Casa en lugar de aquel?

—El trabajo es el trabajo —murmuró con resignación y dejó la varita a un lado.

No estaba a favor de la venganza, sobre todo después del cataclismo del sábado, por lo que descolgó el auricular con desgana.

—Flores Secas —contestó fríamente incapaz de mostrar el entusiasmo de Sue—, ¿en qué puedo ayudarlo?

—Quiero que lleve una docena de rosas marchitas a un tipo llamado Nick Armstrong de Promociones Multimedia.

A Barbie le dio un vuelco el corazón. ¿Se trataba de la bruja morena que los había atacado con la varita y que había pisoteado sus alas?

—¿Cuál es su nombre? —preguntó.

—Tanya Wells.

«Tanya». No cabía la menor duda. Solo oír su voz le ponía los pelos de punta.

–Y quiero que solo escriba una palabra en la tarjeta: «¡perdedor!»

–¿No quiere escribir su nombre?

–Él sabrá quién se las envía. ¿Cuándo se las puede entregar? Tiene que ser hoy y cuanto antes mejor.

El tono categórico le hizo echar chispas. Sin lugar a dudas, se trataba de una mujer que quería y esperaba que todo saliera a su gusto. De todas formas, cualquier cliente tenía derecho al servicio por el que pagaba.

–Un momento, voy a mirar –dijo con calma aparente, escondiendo la tormenta de pensamientos que la otra mujer provocaba en ella.

«¡Perdedor!» Quizás Tanya Wells tuviera alguna razón para creer que Nick valoraba su relación con ella. Si era así, se había portado como un necio en su propia fiesta de cumpleaños. Por otro lado, tal vez las mujeres solo le servían para una cosa y pensaba que ella podría cumplir ese requisito mejor que Tanya. ¿Por eso insistía tanto en conseguir su dirección y teléfono?

–¿Y bien, a qué hora puede ser? –preguntó la mujer con impaciencia.

–A las tres –Se resignó Barbie, sintiéndose realmente mal por tener que complacer a Tanya Wells.

–¿No puede ser antes?

No, si era Sue la que iba a hacer el trabajo. Pero... ¿qué pasaba si iba ella? Podía vestirse de negro, cubrirse el pelo con un sombrero, ponerse gafas oscuras... la imagen sería completamente diferente a la del hada que había encandilado a Nick el sábado por la noche. Y si por alguna casualidad la reconocía, podría rechazarlo por segunda vez.

Además, sería... interesante... volver a verlo, en su lugar de trabajo.

La tentación era algo realmente terrible.

—Podemos arreglarlo para las dos.

Eran casi las doce y necesitaba tiempo para arreglarse.

—¡Genial! Eso le fastidiará la tarde.

Tanya Wells era realmente maliciosa y a Barbie no le gustaba formar pareja con ella. Sin embargo, no podía juzgar lo que había pasado entre ellos.

—¿Puede darme sus datos bancarios, señorita Wells?

Barbie completó la transacción pensando si habría sido muy inteligente aceptar ese encargo. Las llamadas de Nick probaban que quería verla de nuevo. Pero él no sabía quién era. En ese sentido podía estar tranquila. ¿Qué pensaría si se enterase?

En la fiesta la había besado con ardiente deseo y ella había sentido lo mismo; sin embargo, tenía que reconocer que todo sucedió en un momento muy especial. La realidad era bien distinta.

Venganza...

Tal vez el propio Nick se hubiera estado vengando de Tanya.

Quizás no debiera ir. Sue podría hacerlo cuando volviera de su comida con Leon Webster.

¡No!

Quería ver a Nick con sus propios ojos, a plena luz del día. Se suponía que el sábado ya se había vengado de él, pero cuando la besó... de alguna manera lo había empeorado todo, haciéndole recordar lo que quería olvidar. Hoy sería diferente.

Lo mejor era que fuera y se cerciorase de que no había nada en Nick Armstrong que mereciera la pena retener en la memoria.

Capítulo 4

NICK colocó las alas de su hada junto al fichero. Había cortado un pequeño trozo del tejido para poder utilizarlo como muestra. El vendedor de los grandes almacenes que Sharon le recomendó le había dicho que tenían el mismo organdí, pero él quería asegurarse de que fueran idénticos.

Deshizo el paquete y extendió el trozo de tela sobre la silla que estaba junto a las alas. Retrocedió unos pasos y miro los dos tejidos. Se sintió aliviado y satisfecho al mismo tiempo al comprobar que eran exactamente iguales.

Unos golpes en la puerta de su despacho le hicieron sonreír. Estaba seguro que se trataba de Sharon que iba a ver si lo había conseguido.

—Adelante –dijo sin ni siquiera mirar a la puerta.

Barbie suspiró. La recepcionista había dudado un instante antes de indicarle la puerta del despacho de Nick y temió que le fuera a hacer más preguntas. Al final, consiguió llegar a su destino.

Quizás, la indumentaria negra que llevaba la hubiera ayudado.

Y ahora, su voz la invitaba a pasar.

Tenía que acabar con esto rápidamente.

Sería estúpido echarse para atrás ahora.

Su corazón latía desaforadamente mientras abría la puerta. Se sentía tan abrumada, que le parecía que flotaba cuando entró en la habitación. Estaba dispuesta a enfrentarse a ese hombre y a los sentimientos que él le provocaba.

Pero él no estaba frente a ella. Ni siquiera la miraba. Su atención estaba centrada en... ¡sus alas!

–¿Ves? –dijo señalando a la tela. Son exactas.

La conmoción dejó a Barbie sin palabras. Su mirada se dirigió del organdí al hombre que se había tomado la molestia de adquirirlo. ¿Una rata superficial querría arreglar las alas? ¿No iba Leon Webster a pagar por los daños? ¿Qué estaba pasando allí?

Deseó poder leer la mente de Nick. Por la expresión de su perfil, pudo comprobar que estaba sonriendo, pero... ¿qué significaba esa sonrisa? ¿La estaba recordando a ella vestida de hada?

Un pequeño escalofrío la recorrió de pies a cabeza. Era tan atractivo, tan masculino. Su espesa mata de pelo negro le rozaba el cuello de la camisa blanca. Tenía los hombros anchos como un nadador profesional y los pantalones grises que llevaba le marcaban un trasero muy sexy. En ese momento, recordó cuando la había tenido apretada contra su cuerpo. En sus caderas había sentido su dura musculatura masculina y, en sus senos, el cálido muro de su pecho.

Su corazón dio un vuelco cuando él se giró y la miró de frente, su vívida mirada azul era afilada y penetrante. En el mismo instante en que la vio, la sonrisa se le borró de la cara.

A Barbie le entró pánico. Su corazón latía a toda velocidad: ¿la habría reconocido? ¿a pesar de las enormes gafas oscuras y el gran sombrero negro calado hasta las cejas? Su mano se ciñó con fuerza al ramo de rosas mustias. Llegado el caso, podría utilizarlo en su defensa.

—¿Quién es usted? —preguntó de golpe.

¡Qué descanso! No la había reconocido. Entonces, se armó de valor. Estaba allí para hacer un trabajo, no para que él la vapuleara de nuevo. Cada nervio de su cuerpo le gritaba: «¡haz el trabajo y lárgate!»

—¿Señor Armstrong?

La voz le salió demasiado tenue y ronca. Debería haber tragado saliva antes. En esos momentos, él la estaba mirando sorprendido. ¿Le habría sonado el tono de su voz? ¿Lo habría asociado a ella y a su canción de cumpleaños?

—Sí —respondió con los ojos clavados en su boca.

Barbie se sintió incómoda con la mirada. Le hacía recordar lo que había sentido con él. De repente, se encontró mirándolo con la misma intensidad. Molesta por tan traicionera distracción, se apresuró a cumplir su cometido.

—Le traigo un ramo de flores mustias.

—¿Qué? —le preguntó con incredulidad.

De alguna manera, hizo acopio de fuerzas y dio un paso al frente con el ramo envuelto en papel negro para que él lo tomara.

–Alguien le envía esto –explicó Barbie.

–¿Quién? –preguntó sin tomar el ramo.

La negación a aceptar el envío era como un reto. Barbie se acercó más con el ramo, pero inmediatamente sospechó que se había colocado en una zona demasiado peligrosa. Era como si él estuviera cargado eléctricamente. Cada fibra de su cuerpo era consciente de su poderosa masculinidad. Deseó poder salir huyendo, pero instintivamente supo que él no se lo permitiría.

El papel negro del envoltorio crujió suavemente. Estaba temblando. Desesperada por superar ese contratiempo, explicó:

–Tengo entendido por mi cliente que usted sabrá quién se lo envía.

–¿Alguien que quiere verme tan muerto como esas rosas? –inquirió con sarcasmo sin recoger el ramo–. Me pregunto quién puede ser.

Sus ojos eran como penetrantes rayos azules que atravesaban sus gafas oscuras. Pero no podía ver a través de ellas, ¿verdad? Barbie inspiró profundamente para alejar los temores e, inmediatamente, él dirigió su mirada a la elevación de su pecho.

–Yo solo soy la mensajera –aclaró.

Barbie estaba horrorizada por la respuesta de sus pezones: ¡se habían endurecido!

Lentamente, el hombre alzó la vista y se fijó de nuevo en la boca.

–Ya entiendo –dijo lentamente.

«¿Qué era lo que entendía?»

No estaba segura, pero creía que la había reconocido. Tenía que decidir rápidamente qué quería hacer. ¿Cómo podía Nick Armstrong conseguir esa respuesta inmediata por su parte? Aquello no era una resaca del pasado; era aquí y ahora.

–Una mensajera vestida de luto –continuó arrastrando las palabras–. Sin lugar a dudas, se trata de un mal augurio. Y a usted le pagan para que lleve a cabo esta representación.

Sintiéndose como una mariposa atravesada por un alfiler, Barbie tuvo que admitirlo:

–Sí me pagan por esto.

Su cara se endureció y un brillo de burla apareció en sus ojos.

–Y por supuesto, usted se enorgullece de rematar hasta el último detalle de sus representaciones.

«Lo sabía»

Y no le gustaba, no le gustaba lo más mínimo. Podía sentirlo en su piel.

Mientras ella se sentía atrapada, él alargó la mano y agarró el ramo, dejándola desprotegida ante su mirada. Esa vez, no era su atuendo lo que inspeccionaba, sino su figura. La idea de que la estaba comparando con el hada la hizo temblar.

¿Por qué se sentía tan culpable? No había hecho nada malo. Todo había comenzado con la necesidad de acabar con un recuerdo doloroso, solo un medio para un fin justificable.

De manera irremediable, Barbie dirigió su mi-

rada a las ajadas alas y el trozo de organdí que obviamente había comprado para repararlas.

¿Por qué?

¿Qué significaban para él?

–Un ramo de rosas podridas, el símbolo del fin
del amor.

Él había tomado las flores y ella debía marcharse. Lo sabía muy bien; con todo, estaba paralizada por la confusión interior.

El leyó la tarjeta.

–¡Perdedor! –su boca se curvó con una mueca
irónica–. ¡Qué típico de Tanya! Siempre tiene
que decir la última palabra –añadió mientras sus
ojos burlones se reían de su misión–. Pero ha
malgastado su dinero porque no me importa en
absoluto.

Pero las alas sí le importaban. Tenía que ser así
o si no no estarían en su despacho.

–¿Hay muchas personas que le piden este encargo? –preguntó con curiosidad.

–Bastantes –replicó pensando que la venganza
era como la justicia que todo lo equilibraba: ojo
por ojo... diente por diente...

–¿Puede el cliente especificar quién hace la
entrega?

A Barbie se le ocurrió que ella era cómplice de
Tanya. En realidad, había pensado que ese sería
un doble golpe. Aunque, por supuesto, nunca pre-
tendió que él se enterara.

–No. El mensajero es solamente el mensajero,
para las dos partes. Anónimo –respondió, poniendo especial énfasis en la última palabra.

En ese momento, dio un paso hacia atrás con la intención de marcharse.

—Anónimo —repitió él. Sus ojos brillaban de tal manera, que Barbie podía ver evidentes mensajes de peligro.

—Sí —respondió respirando con esfuerzo—. Y ahora que mi misión ha concluido debo marcharme.

Giró sobre sus talones en ademán de dirigirse a la puerta. Sentía la imperiosa necesidad de salir de allí para pensar con calma en lo que le había vuelto a pasar con Nick Armstrong.

Una mano la sujetó por el hombro impidiendo que continuara su marcha.

Después, para desesperación suya, le quitó el sombrero y sintió que su pelo le caía en cascada sobre los hombros. Decididamente, Nick iba a asociar su cabello con él del hada.

Capítulo 5

BARBIE estaba enojada con la situación. Sentía que estaba perdiendo el control y tenía que hacer algo para volver a recuperarlo. Rápidamente, se sujetó el pelo con las manos mientras que con un tirón se libraba de Nick.

—¡Mi sombrero! —protestó con dureza.

Él tenía una expresión de agresiva resolución y sus ojos brillaban por el triunfo. No solo no le hizo caso, sino que además se abalanzó sobre sus gafas y se las quitó también. Así dejaba su rostro a la vista para su posible identificación.

—Nos encontramos de nuevo —observó con una sarcástica sonrisa de satisfacción—. Una reencarnación bastante curiosa.

Barbie se quedó de piedra por la impresión. Todavía tenía las manos en el pelo, aunque ya era inútil intentar disimular. Lo único que podía hacer era mirarlo impotente mientras él se guardaba las gafas en un bolsillo.

—¡Son mis gafas! —le advirtió, intentando recuperar el control.

—Están a salvo —le aseguró. Con otra sorprendente maniobra, pasó a su lado y cerró la puerta.

—Así estaremos a salvo de interrupciones.

Ya no había posibilidad de escape. Estaba totalmente hipnotizada sin saber qué iba a suceder a continuación.

Los latidos de su corazón le zumbaban en los oídos.

—De preciosa hada que concede deseos... a dama oscura de la venganza —comentó con una mueca—. ¿Te gusta jugar con las personas?

La pregunta la tomó por sorpresa.

—Se suponía que no me ibas a reconocer.

—Entonces, ¿es que querías tener un palco de primera para ver cómo la amada Tanya me daba calabazas? —observó Nick enarcando una ceja, retándola a que lo admitiera.

—Algo así —reconoció con desgana.

—La relación con esa mujer estaba ya dando los últimos coletazos antes de la fiesta. Ninguno de los dos era feliz con el otro.

—Entonce, ¿por qué estabais juntos?

—La fiesta llevaba ya mucho tiempo organizada. Y hubiese sido... poco amable retirar la invitación —dijo encogiéndose de hombros.

Sus ojos brillaban con un deseo invitador que provocaba en ella sentimientos incontrolados.

—Pero desde entonces, me he estado arrepintiendo por no haberlo hecho —añadió arrastrando las palabras con suavidad.

A ella se le puso la piel de gallina al oírlo.

—No te importó herir sus sentimientos —le reprochó recordando lo que le había pasado a ella hacía nueve años. Él no había hecho ni caso a su regalo de cumpleaños. Sin embargo, cuando la chica del coche deportivo le hizo el mismo obsequio, aunque bastante más caro, se lo puso para demostrar a todos quién era la que de verdad le importaba.

—Algunos sentimientos silencian a otros —le contestó Nick.

Sí. Como los que hay debajo del pantalón, nada que ver con el corazón, pensó intentando analizar las cosas desde su antiguo punto de vista.

—Incluso pueden traspasar un disfraz superficial —continuó, acercándose poco a poco.

Instantáneamente, se puso tensa. Entonces su voz la envolvió

—Y ahí estaba yo, mirando las alas cuando de repente sentí tu presencia en esta habitación.

«No puede ser», razonó sin querer creerlo.

—De hecho, se me erizó el vello de la nuca —dijo acercándose aún más.

Ahora era su vello el que se erizaba debido a la intensidad de los sentimientos que él proyectaba. ¿Le habría provocado ella eso al recordar con ardor el beso que habían compartido?

—Una sensación extraordinaria —continuó él—. Como una ducha de intensas olas mágicas.

Su estómago se contrajo, si era por miedo o por excitación no lo sabía. Pero estaba segura de que su cercanía le causaba una impresión muy fuerte. Ni se le ocurrió dar un paso atrás. Estaba totalmente absorta en la contemplación de su cuerpo. Casi se le olvidó respirar.

—Cuando me volví y me encontré con una total

extraña, pensé que mis instintos estaban fallando. Pero entonces hablaste y la voz era inconfundible.

Si eso era verdad, ¿cómo era que no había reconocido a Barbie Lamb cuando cantó el sábado por la noche? ¿Es que ni siquiera se había molestado en escucharla? ¿O quizás tenía una memoria muy frágil?

—No te creo. ¿Por qué me quitaste el sombrero entonces?

—Para que no te marcharas.

—¿Y las gafas?

—No me gusta hablar con la gente que se esconde tras unas gafas oscuras. Quería ver tus ojos.

—No tenías ningún derecho.

—Tú fuiste la que vino a mi despacho. Nadie te pidió que hicieras este encargo. Lo hiciste solo porque yo estaba implicado. Creo que eso me da derecho a preguntar por qué... y a ver en tus ojos qué respondes a eso.

Barbie no dijo nada.

—¿No podías mantenerte alejada? —preguntó con voz dulce y seductora.

—Sí podía —respondió, molesta por la atracción que ejercía sobre ella—. Pero el trabajo es el trabajo. ¿Por qué iba a rechazar una oferta solo porque tú estabas involucrado? No tienes ningún control sobre mi vida, Nick Armstrong.

Sus ojos brillaron retadores.

—Entonces, no importará que me digas tu nombre.

—A mí solo me han pagado por darte este ramo. No te corresponde nada más.

—No te pagaron para que respondieras a mi beso en la fiesta —le indicó con convicción—. Y no me digas que has venido solo por negocios. Seguro que querías saber si podías volver a sentir lo que habías sentido.

Su corazón se encogió. Lo deseaba, siempre lo había deseado; pero, ¿cómo podía sentir esa pasión por alguien que había rechazado su tierno amor de juventud?

Su mirada se dirigió a sus pobres alas.

—Quería arreglarlas para ti —murmuró.

—¿Por qué?

Barbie pensó que era más fácil reparar unas alas que un corazón partido. Sin embargo, cuando volvió a mirarlo, sintió una profunda agitación debido al brillo de necesidad y de deseo que descubrió en sus ojos.

—Porque formaban parte de la magia que surgió entre nosotros. Todo fue perfecto y no quería que algo que te perteneciera o que perteneciera a aquel momento estuviese tan ajado.

¿Acaso tenía corazón? El recuerdo del pasado se estaba desvaneciendo gracias a esos nuevos sentimientos. Ahora, todo era diferente. Significaba algo para él.

Nick alzó la mano y le acarició la mejilla.

—Fue algo real... lo que sentimos entonces. Y también es real lo que sentimos ahora.

El exquisito contacto de sus dedos encendió su piel y se infiltró en su sangre, haciendo que el pulso le latiera cada vez más deprisa. Los ecos de su voz retumbaron en su cerebro y en su corazón.

—Y no fui solo yo el que sintió eso. Me besaste con la misma intensidad; estabas conmigo.

Con él... con él... con él...

El deseo creció como la imparable cresta de la ola. Ese era su momento con Nick, el hombre al que había amado, odiado y con el que había soñado. ¿Por qué no aprovecharlo?

Él enterró sus fuertes dedos en su pelo y, con una inclinación de cabeza, sus labios la rozaron. En ese instante, cualquier pensamiento ajeno al momento se extinguió. Deseó ese beso con todo su ser. ¿Sería igual que el anterior? ¿Sería mejor?

Sus bocas se juntaron. Ella cerró los ojos entregando todo su cuerpo a la sensualidad de aquella erótica caricia. Los labios se deslizaban sobre los suyos, cambiaban de dirección... exploraban... saboreaban... la lengua se movía con delicadeza... probándola... excitándola.

Decidió poner algo de su parte para ver si podía provocar la misma excitación; no quería que fuera un sueño parcial. Y su lengua acarició la de Nick.

Su respuesta hizo estallar la pasión y ambos se encontraron atrapados en una frenética maraña de emociones. La salvaje explosión fue como una cascada de fuegos artificiales y fuentes brillantes de placer inundaron sus cuerpos... Unos sentimientos fantásticos que nada tenían que ver con la fantasía.

Le encantaba, la estaba volviendo loca. Lo rodeó con sus brazos para atraerlo más hacia sí, para sentir todo su cuerpo como lo había sentido antes de que Tanya rompiera el embrujo del sábado por la noche. Quería sentir al hombre de carne y hueso, cálido y duro y masculino. Quería apretarse contra él para notar su inconfundible deseo.

El deseo mutuo pedía ser consumado y sus cuerpos bullían con esa necesidad...

—¡Nick!

La intrusión de la voz de Leon fue como un latigazo.

—¿Qué significa esto? —oyó que le preguntaba con impaciencia.

Nick interrumpió su beso y tomó aliento.

—Piérdete, Leon —gruñó a su amigo.

—¡Fantástico! —respondió con frustración—. Te traigo a Sue Olsen para hables con ella personalmente y resulta que el hada ya es historia.

Barbie abrió los ojos. En su mente se encendió una luz de alarma: Sue podía estropearlo todo.

—No necesito ayuda —aseguró Nick muy serio—. La tengo aquí conmigo —añadió mientras aflojaba el abrazo para que su amigo pudiera ver a la persona que lo acompañaba.

—¡Barbie! —gritó su amiga.

Barbie oyó horrorizada cómo soltaba su nombre. Ahora Nick podría asociarla a un recuerdo del pasado: Barbie Lamb. Arruinaría lo que estaban compartiendo y empezaría a verla de forma diferente; probablemente, sentiría risa en lugar de pasión...

El pánico se apoderó de ella. ¿Cómo podía evitar que dijera más cosas?

—¡Es el hada! — exclamó Leon con sorpresa—. ¿Vestida de luto?

—Esta mañana llamó la arpía que destrozó mis alas para hacer un encargo.

Su compañera lo entendió todo. Con una mirada de desaprobación, miró a Nick.

–Y él te asaltó de nuevo.

–Me parece que el beso era mutuo –intervino Leon–. Si quieres que te pague una indemnización por esto, no lo vas a conseguir. No había ni el más mínimo signo de lucha. De hecho...

–¿Os importa? –le cortó Nick–. Este es mi despacho.

–Que es para trabajar –respondió Leon–. ¿Recuerdas? Trabajo.

–Y yo puedo ver que la entrega ha sido realizada –dijo Sue, expresando la misma desaprobación–. Vamos, Barbie...

–Barbie... –repitió Nick pensativo.

Por nada del mundo podía permitir que la asociara a la cría que había conocido.

–Es el apodo que me ha puesto Sue –explicó buscando rápidamente un motivo creíble–. Como soy rubia, dice que me parezco a la muñeca.

–Y debes tener cuidado de que este no te trate como a una –le advirtió Sue cortante.

Por lo menos había recogido el testigo, pensó tranquilizándose.

Nick ignoró el comentario. De hecho, ignoró a los dos y se centró en la mujer que tenía al lado.

–¿Entonces cuál es tu nombre verdadero? –preguntó con una mirada de súplica.

–Anne –respondió sin mentir del todo porque su nombre completo era Barbara Anne.

¿Pero y el apellido? No podía darle el verdadero porque la descubriría.

–Anne Balm –dijo intercambiando el orden de las letras.

Él sonrió con satisfacción.

—Entonces ya sabemos quiénes somos —dijo con una voz tan suave como el terciopelo.

—Bien —intervino Leon—, entonces ya...

—Lárgate, Leon. Todavía tengo que arreglar un par de cosas —le cortó tajante mirándolo con dureza.

—¡Bueno! —concedió a duras penas.

—Te espero en recepción —dijo Sue pensando que su amiga se había vuelto loca.

Y ella pensó lo mismo por un instante mientras la pareja salía de la oficina. Entonces, Nick se volvió y comenzó a acariciarle el pelo, la mejilla... Con los ojos, le estaba diciendo lo deseable que la encontraba. Era como si por sus venas corriera champán: demasiado embriagador para estropearlo con cualquier amargo recuerdo del pasado.

—Te invito a cenar.

—¿Dónde?

—¿Dónde vives?

Era demasiado arriesgado con Sue de por medio. Si quería mantener su identidad en secreto, y eso era esencial por el momento, tenía que mantener a Nick alejado de su piso.

—Quedamos en el centro —dijo mostrando reservas.

Él no dijo nada, solo sonrió.

—Como quieras. ¿Conoces el restaurante Muelle 21?

—Lo encontraré.

—¿A las siete?

—De acuerdo.

—¿No volverás a desaparecer?

–No. Estaré allí.

Quizás se había embarcado en una locura, pero se podía permitir una cena. Solo para ver...

–Nos vemos entonces –dijo Nick con una encantadora sonrisa y le dio las gafas que tenía en el bolsillo–. ¿Sin disfraces?

–Era mi trabajo –se excusó poniéndose colorada al pensar en el juego que había empezado.

Le devolvió el sombrero que estaba en el suelo.

–Perdona que te lo quitara así, pero tenía que ver tu pelo. Es demasiado bonito para esconderlo.

Barbie pensó que estaba escondiendo algo más que su pelo. Estaba jugando a un escondite muy peligroso. Cuando la pillara, si es que eso llegaba a suceder, ¿sabría manejar la situación?

–Ahora debo marcharme, Sue me está esperando.

–Hasta esta tarde –se despidió, acompañándola hasta la puerta.

Justo antes de salir, Barbie dirigió una última mirada a sus alas rotas.

¿Estarían los dos persiguiendo una fantasía?

Ella se paró bajo el marco de la puerta para mirarlo una vez más e instantáneamente la inundó la sexualidad que él generaba. Sus ojos ardieron con una pasión que nada tenía que ver con la fantasía y todo su cuerpo vibró con una respuesta muy real.

–Hasta esta tarde –repitió.

Ella asintió y se fue, incapaz de pensar, solo sentir... lo que Nick Armstrong le hacía sentir. No quería dejar que se le escapara.

Capítulo 6

ANNE Balm?

Sue no se lo podía creer.

Al menos ya estaban fuera de las oficinas de Promociones Multimedia y nadie podía escucharla, pensó Barbie. Cuando llegaron al coche sabía que su amiga no se iba a contener mucho tiempo, pero ella no estaba preparada para responder. No le apetecía dar ninguna explicación.

¿Cómo se podían explicar los sentimientos?

–Has ido un poco lejos, ¿no crees?

El comentario crítico le dolió. Sue no podía entender que, si su verdadera identidad era descubierta, todo lo que había surgido entre ellos se fastidiaría. Simplemente, quería dejar pasar un tiempo; vivir la experiencia sin ninguna sombra del pasado.

En ese momento, el pasado de Sidney las rodeaba mientras conducían por el centro de la ciudad. El barrio donde Nick tenía su empresa estaba en la parte antigua. La mayoría de las casas se habían convertido en restaurantes o en tiendas. Los tiempos y los lugares cambiaban y las personas también... o al menos, sus puntos de vista. Sin lugar a dudas, Nick la veía de forma diferente ahora. De alguna manera quería que formara parte de su vida.

—Un nombre falso —la regañó Sue—. ¿Durante cuánto tiempo crees que vas a engañarlo?

—El suficiente —murmuró Barbie.

—¿El suficiente para qué?

—No importa.

—Si esto es una prolongación de la idea de venganza... tienes que saber que estas jugando con fuego y puedes quemarte —le advirtió Sue—. La actuación del sábado fue inofensiva; un bálsamo para tu orgullo. Pero si estás planeando un encuentro más íntimo...

—No se trata de venganza.

Esa afirmación quedó suspendida en el aire mientras Sue conducía sobre el puente Anzac.

Barbie quería suavizar las cosas con su amiga y para ello le ofreció la única prueba que tenía de que Nick no era una rata materialista.

—Compró la tela para reparar las alas.

—Para tener una ventaja —respondió con escepticismo—. Supe que era capaz de hacer lo que fuera para conseguirte. Y lo ha hecho. Te apuesto a que no hace nada más por arreglar esas alas; ya tiene lo que quería.

No hubo respuesta al argumento. Solo el tiempo podría aclarar las cosas.

—¿Cuál es el siguiente paso? —continuó Sue sin perder el aliento—. ¿Cena, cama y desayuno?

Barbie sonrió al comentario. Llegados a ese punto, no le importaba lo que Sue pudiera pensar.

–Cena. Esta noche –contestó–. He quedado con él en el centro, así es que, si no te importa, voy a necesitar el coche.

–Cena –murmuró Sue mientras le lanzaba una mirada de advertencia–. No te engañes. Seguro que ese golfo tiene la cama y el desayuno anotados en su agenda.

Barbie levantó la barbilla desafiante.

–¿Y qué pasa si lo tiene? A lo mejor yo también quiero eso. Fuiste tú la que dijiste que debía quitarme esta espina.

–Pero no de esta manera.

–Insististe en que necesitábamos ese trabajo y ahora no me resulta fácil dar marcha atrás. Siempre lo he querido, Sue. Esa es la pura verdad.

–Estás persiguiendo un sueño.

–Sí. ¿Por qué no?

–¿Y empiezas con una mentira? Engañándolo sobre tu identidad.

–El nombre no importa nada, es la persona lo que cuenta.

–Si no importa, ¿por qué ocultarlo?

Barbie volvió a guardar silencio, no quería escuchar a su amiga. Era asunto suyo y de nadie más. Se trataba de su vida y gran parte de ella había estado marcada por Nick.

Si él supiera quién era, la ignoraría y dejaría que los sentimientos se desvanecieran. Sin embargo, si conectaban realmente bien como las personas que eran en la actualidad, quizá alcanzaran un punto en el que el pasado ya no importara.

–¿Esperas que te apoye?

Al oír el tono de desaprobación en la voz de Sue, Barbie no dudó en liberar a su amiga de cualquier responsabilidad sobre lo que pudiera ocurrir a partir de ese momento.

—No, no lo espero. Gracias por no haberme descubierto en la oficina de Nick. De ahora en adelante, haré todo lo posible para que este asunto no te afecte.

—Un poco difícil: Leon me ha pedido que salgamos.

—¿Qué? —preguntó Barbie sorprendida. En ningún momento se le ocurrió pensar que algo así pudiera suceder.

Sue se encogió de hombros.

—Me gusta. Es divertido y amable. Me ha invitado a una fiesta el próximo sábado.

Barbie se hundió en su asiento, cerró los ojos y se frotó la frente. Necesitaba aclarar las ideas. Leon Webster era amigo de Nick desde la universidad y ahora compartían el mismo negocio. Probablemente se lo contaban todo. Pero no podía pedirle a Sue que lo dejara. No era justo si de verdad le gustaba.

—Tendremos que mantener nuestros líos separados —declaró—. Tú con Leon y yo con Nick.

—O tú podrías ser sincera con él y decirle toda la verdad.

—No, todavía no.

—No quiero tener que mentir a Leon, Barbie.

—No te preocupes. Haz lo que tengas que hacer que yo ya me las arreglaré. ¿De acuerdo?

Sue no respondió. No dijo nada más sobre el

tema. Tampoco Barbie. Pero ambas eran conscientes de que tenían opiniones diferentes. De repente, en su larga y buena amistad aparecía un contratiempo inesperado.

¿Merecería Nick tanto?

Barbie decidió que tendría que averiguarlo, debía estar absolutamente segura antes del sábado.

Nick le contó a su amigo el asunto del ramo de flores mustias y como la había descubierto, pero a partir de ahí no le apeteció dar más explicaciones. Anne Balm era ahora asunto suyo, personal y exclusivo.

—Gracias por intentar echarme un cable con Sue. Espero que no te resultara embarazoso. A partir de ahora, Anne y yo podemos arreglárnoslas solos, ¿de acuerdo? ¿Nos ponemos a trabajar?

—No —respondió Leon.

—Te recuerdo que fuiste tú el que al entrar en mi despacho dijo que deberíamos estar trabajando —señaló con dureza.

—Sue tenía razón. Estás embistiendo como un toro. Seguro que tienes a la chica enfilada para llevártela a la cama rápidamente.

Rápidamente no. Quería saborear cada minuto. Primero, disfrutar de la dulce espera y, después, ganarse cada instante de placer. Sabía que le esperaban grandes momentos con su hada encantada. Era imposible explicarle a Leon lo que sentía por ella.

—Por la noche no se trabaja. Así es que no es asunto tuyo.

–¿Que no es asunto mío? –replicó Leon levantándose del asiento, gesticulando con los brazos y paseando de un lado para otro–. Entonces, se supone que no me tiene que afectar que te metas en otro lío con otra mujer. ¿Te acuerdas de Tanya? Te la llevaste a la cama la primera noche que la conociste y después te pasaste los siguientes meses descubriendo lo bruja que era.

Ahora era diferente. De ninguna manera, se podía comparar a Tanya y a Anne y tampoco le gustaba que Leon las relacionara. Irritado por la crítica de su amigo, le lanzó una mirada desafiante.

–Mira quién va a hablar.

–De acuerdo, lo reconozco, yo también tomé lo que tenía a mano y luego cada uno por su lado. Pero la ruptura con Liz me enseñó algo: que incluso el sexo más fantástico se acaba si no tienes nada en común con la otra persona.

Nick se acomodó en el sillón sorprendido por la nueva faceta de su socio.

–¿Desde cuándo eres tan quisquilloso? No noté nada en mi fiesta de cumpleaños. Además, creo recordar...

–Allí no había nadie que realmente importara –Leon cortó tajante –. Sin embargo, dijiste que Anne Balm era importante para ti.

–¿Y?

–Pues que la trates bien, que intentes conocerla.

–Eso es lo que pretendo hacer.

–Eso no es lo que me pareció a mí cuando entramos en el despacho hace un rato –le recordó Leon.

Nick lo miró con el ceño fruncido. ¿Por qué no se metía en sus asuntos?

–Gracias por tu interés. Pero ahora... ¿podemos dejarlo?

Leon paró de dar vueltas y lo miró con desaprobación

–Sue y ella son amigas y compañeras –afirmó cortante.

–Ya lo sé.

–Sue se muestra muy protectora con ella en lo concerniente a hombres.

–También lo sé.

–Me gusta Sue Olsen. Creo que hemos conectado

Por fin entendió: ¡a su amigo le gustaba la pequeña pelirroja!

–Muy bien, entonces cada cual a lo suyo, Leon.

Normalmente se entendían bien, pero esa vez no conseguían ponerse de acuerdo. Leon no podía relajarse. Al contrario, la tensión que emanaba aumentaba por momentos. Tenía los puños apretados, como si fuese a dar un puñetazo.

Nick estaba sorprendido y bastante incómodo por la actitud agresiva de su socio.

–Creo que tenemos intereses encontrados.

–Yo no veo el problema –aseguró Nick–. Con Anne, solo he tenido buenas vibraciones.

–Piénsatelo bien –le advirtió Leon, amonestándolo con un dedo–. Sue no se mostraría tan protectora si no hubiera una maldita razón. Me imagino que tiene que haber una mala historia por ahí escondida. Será mejor que te enteres antes de atacar, Nick. O quizás nos encontremos con un problema mayor.

Salió del despacho con un portazo.

Debe de gustarle mucho, pensó al verlo salir tan airado.

Y tenía razón.

Un interés sexual muy grande podía acabar con las mejores amistades. Ya había pasado antes: mujeres que se interponían entre hombres; hombres, entre mujeres... Se ponían a prueba las mayores lealtades. Incluso podía estropear lazos familiares.

Obviamente, había una mala historia escondida, las señales eran claras. Sin embargo, no entendía por qué tenía que afectar a su amistad con Leon.

Anne no le había parecido una mujer desengañada. Todo lo contrario, parecía que sabía muy bien lo que deseaba. Y lo había deseado a él. Recordó el contacto de su boca... desde luego, allí no había habido ningún titubeo.

No tenía ninguna duda.

Ella lo había buscado tanto como él.

Deseo mutuo.

¿Qué podía salir mal?

Capítulo 7

SU mesa, señor.

–Gracias.

–¿Qué desea tomar?

–Estoy esperando a alguien.

–¿Le traigo una bebida?

–Una jarra de agua muy fría, por favor.

–Enseguida.

Normalmente, habría pedido una cerveza para relajarse y aliviar las tensiones del día, pero ese día no estaba pensando en el trabajo. La tensión que sentía era apasionante y quería disfrutar de ella, para ello deseaba tener todos los sentidos bien despiertos. Ya pediría vino cuando llegara Anne. Una copa o dos durante la cena no enturbiarían su mente.

Se acomodó en el asiento y miró a su alrededor. Le gustaba el color y el movimiento del muelle. Pensó que nunca se había sentido tan vital esperando por una mujer.

Echo un vistazo al reloj y vio que aún faltaban cinco minutos para las siete. Había reservado una mesa en la terraza, bajo los arcos que conducían al teatro de la ópera. Nick estaba en el lugar ideal

para verla llegar. Estaba ensimismado en el ir y
venir de la gente. Normalmente, tenía demasiada
prisa para pararse a mirar; pero esa noche, todo
era especial, incluso el aire olía mejor.

Hacía mucho calor para ser noviembre y se estaba muy bien en el exterior. En la calle, había tu-
ristas que aprovechaban los últimos rayos de sol
para tomar sus fotografías y personas vestidas de
noche que se dirigían a algún evento.

Su mirada errante la descubrió entre la gente
cuando aún estaba a unos cincuenta metros. Su
presencia le cortó la respiración. Ella brillaba con
luz propia. El resto de la escena que había estado
observando se desvaneció.

Llevaba su maravilloso pelo suelto y parecía
como si una cascada de oro le cayera sobre los
hombros. Se había quitado el traje negro, un desa-
tinado recordatorio de su extinguida relación con
Tanya. El vestido era como el sol del amanecer
con suaves ondas amarillas y naranjas que se me-
cían con cada paso que daba. Llevaba un echarpe
sobre los hombros y un bolso dorado en la mano.
Al final de sus largas piernas bronceadas llevaba
unas sandalias también doradas.

Estaba preciosa, absolutamente divina. Arreba-
tadora y femenina. Nada más verla Nick se levantó como movido por un resorte. Tuvo que hacer
un esfuerzo para contener el instinto sexual que
ella despertaba en él y que pedía ser satisfecho.

Embistiendo como un toro...

El aviso de Leon lo había afectado de lleno y
respiró hondo para relajarse. «Tómate tu tiempo

para conocerla», se dijo muy serio. Sin embargo, todo su ser le gritaba que nada importaba, solo ese sentimiento urgente de estrecharla en sus brazos.

El movimiento repentino de un hombre que se había puesto de pie en una de las mesas de fuera del restaurante llamó la atención de Barbie. El corazón le dio un vuelco. Era Nick, esperándola, viendo cómo se acercaba.

Sigue andando, se dijo con determinación. Hizo todo lo posible para no trastabillar; no quería mostrar la incertidumbre que sentía sobre esa cena. Aunque, pensándolo bien, esos nervios eran bastante normales en una mujer que acude a una primera cita. Debería estar encantada de encontrarlo esperando por ella. Anne Balm lo estaba, era la Barbie Lamb de dieciséis años la que dudaba.

Pero de esto hacía nueve años.

Tuvo la extraña sensación de que un túnel se abría entre ellos. Nick, al otro extremo, irradiaba tal magnetismo, que sentía su propia sexualidad a flor de piel. La gente que había alrededor de ella, de pronto, había desaparecido y solo Nick y ella eran reales. Nada más importaba. Ni siquiera era consciente del movimiento de sus piernas, solo podía apreciar que cada vez estaba más y más cerca. Todo su cuerpo se estremeció al imaginarse cómo sería cuando se tocaran.

Nick se había quitado el traje de chaqueta que llevaba en la oficina y se había puesto una camisa granate y unos pantalones negros. De alguna manera, la ropa informal resaltaba su físico masculino. Al mismo tiempo, proyectaba una fuerza que la excitaba y la asustaba a la vez haciéndola sentir muy vulnerable.

Dirigió la mirada a su cara, tan atractiva, que la hacía soñar. Él sonrió y entonces fue como si un estallido de rayos de sol borrara cualquier miseria del pasado.

«Soy Anne», pensó mientras le devolvía la sonrisa... «Anne Balm».

Nick rodeó la mesa y le ofreció una silla. Un gesto muy caballeroso y cortés cada día más inusual.

—Estás preciosa —le dijo con una voz tan aterciopelada, que un escalofrío le recorrió la columna vertebral.

—Gracias —contestó con la cabeza llena de burbujas.

Él señaló hacia la silla y ella se sentó.

No le había ofrecido la mano como saludo, ningún contacto; sin embargo su sola cercanía emitía un calor que le acariciaba la piel.

¿Se lo había imaginado o realmente le había acariciando el pelo antes de volver a su sitio? Quizás había sido la suave brisa del puerto.

—Hace una noche preciosa —comentó, ignorando los frenéticos latidos de su corazón.

—Perfecta —respondió mirándola con intensidad.

—¿Es este tu restaurante favorito?

—Es bueno y está a mano. Vivo muy cerca de aquí.

—¡Ah!

¿Tendría la cama y el desayuno en su agenda?

Había dicho que quizás ella quería lo mismo, pero... ¿realmente lo quería? ¿tan rápido?

Él la miró interrogante.

—¿Te molesta?

—No, ¿por qué habría de molestarme? —contestó, encogiéndose de hombros—. Tenías que vivir en alguna parte. Aunque, tiene que ser caro vivir de alquiler en esta parte de la ciudad.

—No vivo de alquiler. Compré uno de los pisos que hay encima de los arcos.

—¿Estos arcos?

Era imposible ocultar su sorpresa. Recordaba que su familia era rica, pero nunca pensó que fueran millonarios. Porque un piso en Benelong Point, con vistas al puerto... ¿Habría Nick conseguido tanto dinero con su nuevo negocio?

—Realmente te molesta.

—No, lo que pasa es ... es que es mucho dinero. No me había dado cuenta...

Debería habérselo figurado después de ver la fiesta en la Colina del Observatorio y las oficinas que tenían en Gleb. ¿También le pertenecerían?

—¿No te habías dado cuenta de qué?

—De lo rico que eres —dijo bruscamente.

—¿No me iras a poner una cruz negra por eso? —preguntó con una sonrisa.

Sonaba absurdo. ¿Cómo se podía pensar que el dinero obtenido con el trabajo y el talento pudiera ser algo negativo? Sin embargo, eso lo colocaba muy por encima de ella. Normalmente, tenía que hacer malabares para llegar a fin de mes. Se preguntó quién sería Tanya Wells.

Todo este tiempo había pensado en Nick como en el chico que había conocido en el pasado, el chico al que había amado. ¿Y él? ¿Cómo había pensado en ella? ¿Cama y desayuno?

–¿Qué pasa Anne? –preguntó con suavidad.

Anne...

Ella había cambiado mucho desde entonces.

Él también.

Ahora, era un nuevo juego y tenía que aceptarlo como venía. De repente, la búsqueda de un sueño, de un antiguo sueño, le parecía una estupidez. Y sin embargo, al mirar a Nick sentía la misma atracción que había sentido siempre. Incluso más.

Tomó aliento y le dijo la verdad sobre ella.

–No soy de tu clase. Soy una cantante profesional, me gusta cantar y vivo de ello; pero no nado en la abundancia.

–No hay nada de malo en eso. No hay mucha gente que pueda vivir de lo que realmente le gusta. Me parece fenomenal que tú lo hayas conseguido. Debe de ser un campo realmente duro. Te admiro por haberlo intentado y por haberlo conseguido –le dijo, inclinándose hacia ella con una mirada de aprobación.

Palabras dulces, persuasivas... ¿serían sinceras?

–Comparto el alquiler de un piso en Ryde. Desde luego, no se puede considerar clase alta –declaró, queriendo dejar bien claro el tema del nivel económico y social.

Él le sonrió.

–Cuando yo llegué a Sidney, alquilé un cuartucho en Surrey Hills. Era todo lo que podía permitirme. Entiendo lo que significa vivir con pocos medios, Anne. Y lo respeto.

—Pero ahora es diferente para ti y, obviamente, estás acostumbrado a que sea así.

¿Acaso pensaba que podía comprarla?

¿Había atraído su dinero a Tanya Wells?

—Solo son cosas, Anne —continuó con una voz más intensa—. Como cenar en este restaurante cada vez que quiera, conducir un coche bueno, viajar al extranjero, vivir con lujo... Y todo eso está muy bien, me gusta. Pero no satisface todas mis necesidades. ¿Satisfaría todas las tuyas? —le preguntó con mirada ardiente.

Ella se sonrojó.

—No soy una cazafortunas.

—Y yo no busco una aventura barata contigo.

—¿Qué es lo que quieres de mí? —lo retó.

—Conocerte.

—Hay muchas formas de conocer a una persona. ¿Qué es lo que te interesa? —le preguntó con una pizca de cinismo.

—Todo.

Le encantaría poder creer sus palabras. Lo miró fijamente a los ojos y su mirada le pareció sincera. Sue debía de estar equivocada. Nick quería conocerla, no estar con ella solo una noche.

—¿Te ha herido algún tipo rico, Anne? —le preguntó con dulzura.

—¿Por qué piensas eso? —le preguntó sonrojándose.

—En primer lugar, porque eres absolutamente preciosa. Tu compañía podría inflar el ego de cualquier hombre y los tipos ricos suelen ver en la belleza de la mujer el reflejo de su éxito.

–¿Tú también?

Él negó con la cabeza.

–La belleza es algo material, como el dinero. Pero me sorprende que te moleste que sea rico.

–No... no es eso –dijo gesticulando con las manos–. Es que... ni me había dado cuenta. Ha sido una sorpresa. Me siento como una tonta.

Él le tomó una mano y la sujetó entre las suyas con la intención de tranquilizarla. Al sentir su mano atrapada en las de él, una ola de calor le recorrió el cuerpo y la hizo temblar de deseo.

–Vamos a darnos una oportunidad, Anne. ¿Es eso pedir demasiado?

–No –susurró respirando con dificultad.

Le estaba acariciando la palma de la mano con el pulgar mientras que con su mirada le suplicaba que lo creyera.

–Creo que...

Nick iba a añadir algo cuando un camarero les interrumpió para ofrecerles la carta. El momento se había esfumado y Barbie se sintió frustrada porque sabía que Nick había estado a punto de decirle algo importante.

Nick retiró su mano para concentrarse en el camarero que les estaba enumerando las especialidades del día.

Ella estaba demasiado distraída para escuchar lo que decía y, cuando Nick le preguntó si quería algo, tuvo que pedirle al camarero que volviera a decirle lo que había.

Aun así, la lista de comida que sugería no le sonaba familiar. Los restaurantes caros como ese no formaban parte de su vida. Pero antes de revelar su ignorancia, le pidió ayuda a Nick.

–¿Qué me recomiendas?

–¡Te gustan los mariscos?

–Me encantan.

–Aquí preparan muy bien los calamares y los centollos.

–¿Es eso lo que vas a tomar tú?

–Sí.

–Entonces, yo tomaré lo mismo.

Nick pidió la comida.

–¿Y para beber?

–Pónganos una botella de The Brown Brothers Chardonnay –respondió Nick sin mirar a la carta de vinos–. ¿Te parece bien? –preguntó a Barbie con una sonrisa.

–Sí, claro –respondió rápidamente, aunque ese vino era un misterio para ella–. Pero no voy a beber mucho –le advirtió–. Tengo que conducir.

–Entiendo –respondió sin reprocharle nada ni intentar convencerla.

Esto tranquilizó el torbellino interior de Barbie. Si Nick hubiese tenido en mente seducirla esa noche, seguramente habría intentado persuadirla.

El camarero recogió las cartas que ni siquiera habían mirado y se marchó.

Barbie volvió a reflexionar sobre lo que habían estado hablando antes de que los interrumpieran.

Deseó poder preguntarle a Nick qué era lo que creía, pero pensó que era decisión suya si quería continuar o no con el tema. Podría parecer demasiado directa, demasiado ansiosa, si era ella la que retomaba la conversación.

–¿Te apetece agua? –le preguntó, tomando la jarra de la mesa.

–Sí, por favor.

Nick le llenó el vaso.

Se volvieron a mirar a los ojos. Él parecía satisfecho y seguro de sí mismo. Quizás esa actitud fuera la clave de su éxito en los negocios.

Siempre había sido así y esa seguridad formaba parte de su carácter. Barbie recordó que él siempre había sido un líder, incluso cuando eran niños. Todos seguían sus sugerencias, sus decisiones... sus juegos... Era inteligente y valiente y todos querían estar con él.

¿Se trataría este de un nuevo juego para él?

«Vamos a darnos una oportunidad».

Era estúpido dejar que las dudas se interpusieran entre ellos.

Solo el hecho de llegar hasta allí era como un sueño que se había hecho realidad. Ahora quería seguir adelante, tomar este tren, independientemente de cuál fuera el destino.

Ocupada en sus pensamientos, no se había dado cuenta de que la expresión de Nick había cambiado. Pero, cuando habló, sus palabras hicieron que su calma se evaporara.

–Me recuerdas a alguien que conocí una vez.

Había pronunciado las palabras con suavidad y dulzura, pero había tensión en su cuerpo y en su mirada, y un puño de acero le oprimió el corazón.

Capítulo 8

NICK vio cómo reaccionaba Barbie, cómo tensaba todos los músculos del cuerpo. Observó la angustia reflejada en su rostro, la lucha interna por controlar la situación... y cualquier sombra de duda se desvaneció.

Anne Balm era Barbie Lamb.

Debería haberse dado cuenta antes: esa profunda sospecha de que la conocía de algo, los instintos físicos que ella provocaba, la pasión que surgía entre ellos, que su amiga la llamara Barbie...

Aunque tenía excusa. Durante todos esos años, había relegado el recuerdo de Barbie a un lugar apartado de la memoria. Y, desde luego, los cambios producidos en ese periodo de tiempo y las curiosas circunstancias de su encuentro tampoco habían ayudado mucho. Pero ahora lo veía claro.

No sabía qué hacer. Comprendía que se iba a meter en terreno pantanoso y que un paso en falso podría significar la pérdida de cualquier esperanza de tener algo con ella. Sin embargo, necesitaba saber lo que ella estaba pensando, sintiendo. Saber si tenía alguna oportunidad.

Una mala historia, le había dicho Leon, y, por

supuesto, había acertado. Solo que en ese caso, la mala historia la había protagonizado él, y no otro tipo rico anónimo. Él era el culpable del daño.

Barbie bajó las pestañas ocultando la verdad de sus ojos, se inclinó hacia delante, tomó su vaso y se puso a juguetear con él para ganar tiempo, para recobrar la compostura. Le temblaba la mano al llevarse el agua a la boca. Él observó el movimiento convulsivo de su garganta al tragar y supo que se sentía enferma. Tan enferma como él por el daño que le había hecho.

No necesitaba que nadie le explicara su comportamiento durante la fiesta... Probablemente, había sentido un deseo irrefrenable de seducirlo y excitarlo, de hacerle necesitar lo que antes había rechazado, de hacerle pensar que la iba a conseguir para después marcharse y dejarlo solo. ¿Tendría planeado seguir tomándole el pelo antes de soltarle todo a la cara? ¿Quién sería cuando dejara ese vaso?

Barbie dio un gran trago. El vaso le sirvió para ocultar la cara y el contenido, para enfriar la fiebre de incertidumbre que la quemaba. ¿Estaría empezando a reconocerla? Que le recordara a alguien no significaba que la hubiera identificado, se dijo seriamente intentando librarse de ese sentimiento de pánico. Quizás ni siquiera era Barbie Lamb en quien él había pensado.

Todo su ser le pedía que se enfrentara al pasado. Pero su corazón le gritaba que todavía era muy pronto. No podría soportarlo. Necesitaba esa oportunidad con él libre de cualquier recuerdo amargo. Necesitaba más tiempo.

Sintiéndose un poco mejor, dejó la bebida encima de la mesa y ensayó una sonrisa.

–No estoy segura de que haya alguna mujer a le guste que le digan eso.

Él permaneció en silencio por un momento, digiriendo el comentario con lentitud. Ella esperó su reacción con los nervios de punta. Para gran alivio suyo, él soltó una carcajada.

Se echó para adelante apoyando los brazos en la mesa y le dijo con una encantadora sonrisa:

–No te estaba comparando. Tú brillas con luz propia, Anne. Créeme, me siento increíblemente afortunado por haberte encontrado.

El temor al descubrimiento cedió y su sonrisa se relajó con placer por el piropo.

–Entonces, ¿en qué te recuerdo a alguien? –bromeó, segura de que no había hecho ninguna conexión.

–Son los ojos –aseguró mirándolos directamente–. Ese gris tan claro y nítido. Normalmente tienen pintas marrones o un poco de azul... Solo los había visto una vez antes.

Entonces, ¿se habría fijado en ella en aquel tiempo?

–¿Quién los tiene como yo? –se sintió forzada a hacer la pregunta.

Él se encogió de hombros para quitarle importancia.

–Fue hace mucho tiempo. Cuando era pequeño jugaba con muchos críos en el barrio y una de las chicas tenía los ojos como tú.

¡Esa chica era yo!, quiso gritar. Tuvo que hacer

un esfuerzo para contener las emociones y aguantar el daño que le hacía que se refiriera a ella como una chica del barrio.

Cualquier persona inteligente habría zanjado la cuestión. Después de todo, no había nada que ganar hurgando en el pasado y mucho que perder. Anne Balm no era «una de las chicas»; en la actualidad, brillaba con luz propia para Nick.

Pero un diablo la atormentaba insistiendo en que obtuviera más información. Tenía el camino despejado para saber qué era exactamente lo que Nick había sentido por ella y, aunque fuera doloroso, no podía dejar pasar la oportunidad. Las palabras le brotaron casi sin querer.

—Parece que te acuerdas muy bien de esa chica. ¿Era especial para ti?

—Sí lo era –dijo con una sonrisa–. No importaba las veces que los chicos intentaran echarla, ella siempre se unía a nosotros con determinación. Nunca se quedaba atrás y nunca lloró ni se quejó. Nos seguía a todas partes.

Esa respuesta la tranquilizaba bastante, pero aún quería saber más.

—¿Era una pesada?

—No –dijo con una expresión más seria–. No tenía miedo a nada. Pero había una terrible inocencia en su temeridad. Hacía que quisiera protegerla.

—No me puedo imaginar a la chica que acabas de describir buscando protección.

Él sabía qué quería decir.

—Tienes razón. Era muy orgullosa. Pero yo tenía cinco años más que ella y me sentía un poco responsable.

—¿Por qué tú?

—Creo que porque... —su boca se torció con un rictus irónico—... ella se fijaba en mí. Para bien o para mal, creo que yo era la persona que más le influía —hizo una pausa antes de añadir—: al final tuve que acabar con aquello.

Barbie se sorprendió por esa confesión tan inesperada. Fue imposible contener la siguiente pregunta:

—¿Por qué?

—Se estaba convirtiendo en algo muy personal.

—¿Qué quieres decir? —siguió preguntándole empeñada en llegar hasta el final.

—Mi hermano pequeño, más o menos de su edad, estaba colado por ella.

Barbie no se lo podía creer. ¿Danny? ¿El tímido Danny con el que no había hablado de otra cosa que de clases? Siempre había sido amable con él, pero, sobre todo, porque era el hermano de Nick.

—¿Quieres decir que solo tenía ojos para ti?

—Algo así. Danny estaba muy enfadado conmigo y eso que yo nunca había intentado nada con ella. Era demasiado pequeña para mí.

—¿Qué hiciste para alejarla?

—Quise dejar claro que estaba interesado en otra persona —dijo con un suspiro.

—¿Y lo estabas?

—Lo suficiente para hacerlo creíble. Conseguí quitarme a Danny de encima.

—¿Y a la chica? ¿También te la quitaste de encima? –preguntó Barbie con amargura esperando que él no lo notara en su voz.

Por un momento, vio una expresión de dolor en sus ojos y Barbie entendió que el resultado no le había hecho muy feliz.

–En ese aspecto, la maniobra fue efectiva. Pero no salió con Danny. Tampoco creí que fuera posible. Simplemente, desapareció de nuestras vidas. Un año después, más o menos, su familia se marchó a la costa, a Byron Bay, creo.

–Pero todavía la recuerdas... con mucha claridad –comentó Barbie, escondiendo el sentimiento de ironía que inundaba su corazón.

–Bueno, ella formó parte de mi vida durante mucho tiempo. Seguro que ha habido gente que ha dado color a tus años de juventud –dijo, invitándolo a recordar con la mirada.

Él los había teñido de negro al rechazarla como lo hizo. Pero, después de todo, no era una rata materialista. Había tenido en cuenta los sentimientos de su hermano Danny.

–¿Dónde vive tu familia, Anne? –preguntó Nick de golpe.

Barbie intentó liberarse de los recuerdos. Ya meditaría más tarde sobre lo que había descubierto, tendría que analizar su vida desde una nueva perspectiva. El presente tenía prioridad. Tenía a Nick allí, con ella, y no quería perderse lo que pudiera surgir entre ellos.

–En Queensland. En la Costa Soleada –respondió sin tener que mentir. Sus padres se habían mudado hacía ya algún tiempo.

–Estás muy lejos de casa.

–Sí. He estado viajando por todo el país desde que tenía dieciocho años. Si quieres vivir de la canción, tienes que hacer cosas así.

–Por supuesto –respondió comprensivo.

–¿Y tu familia? –preguntó sabiendo que se trataba de un terreno menos peligroso.

–Mis padres todavía viven en Wamberal. En la Costa Central.

Hasta ahí, nada había cambiado.

–El resto de la familia está esparcida –continuó relatando–. Tengo una hermana que vive en Sidney. Está casada y tiene un par de niños.

Carole... era dos años mayor que ella. Siempre había estado muy pendiente de lo que se llevaba. Estaba casi segura de que se había casado bien.

–¿Y tu hermano, el que has mencionado antes?

–Ahora está en San Diego. Está metido en competiciones con yates. Siempre le volvieron loco los barcos.

Recordaba el pequeño catamarán que poseían los Armstrong. Danny navegaba con él en el lago Wamberal. Alguna vez, la invitó a ir con él, y ella aceptó en un par de ocasiones, más por tener una experiencia nueva que por compartirla con él. En realidad, le hubiese gustado navegar con Nick.

Qué bien que Danny estuviera a tantos kilómetros de distancia: así no podría interponerse.

Tres camareros se acercaron a ellos. Uno les ofreció una selección de panecillos, otro puso sobre la mesa los dos primeros y el tercero llevaba la botella de vino. Barbie estaba encantada con el despliegue de actividad que mantenía ocupada la atención de Nick. No se había imaginado lo difícil que sería hacerse pasar por una extraña. Tenía que pensar cada palabra, hacer que sus preguntas sonaran casuales... Desde luego, suponía un gran desgaste emocional.

Tomó un panecillo, sonrió al camarero que le sirvió la comida e hizo un gesto al último para que le sirviera poco de vino. Mientras tanto, se había convencido a sí misma de que no podía culpar a Nick por la decisión que había tomado con respecto a ella. Acabar con la relación había sido fácil, pero era imposible acabar con los sentimientos. Quizás se pudieran enterrar, ocultar, transformar... pero nunca se acababan.

Al menos, la recordaba con un poco de admiración. Quizás, también con algo de arrepentimiento por lo que había perdido. Sin embargo, no quería revivir aquella humillación. Necesitaba el bálsamo de la admiración que sentía por ella en el presente para curar la herida que había vuelto a abrir.

—¿Pasa algo malo?

La pregunta de Nick hizo que tuviera que mirarlo.

—No, ¿por qué? —dijo Barbie con la esperanza de que no hubiese notado su desasosiego.

—Parece que estás mirando los calamares con extrañeza. ¿Quieres pedir otra cosa?

—No. Lo que pasa es que nunca los había visto cocinados así —le respondió con una sonrisa para tranquilizarlo—. Es tan artístico, que da pena meter el tenedor.

Él tomó sus cubiertos para animarla.

–Buen provecho.

Ella hizo lo mismo y comenzó a comer. Se concentró en el sabor de los calamares que estaban exquisitamente tiernos. La salsa que los acompañaba le pareció interesante.

Nick estaba absorto. Intentaba valorar lo que podía estar pasando por la cabeza de Barbie. Y por su corazón. Seguía con la identidad de Anne Balm. No tenía ni idea de si las respuestas que le había dado sobre el pasado la habían complacido. Solo cabía esperar que entendiera que se habían dado circunstancias especiales y que esto mitigara el dolor.

Ahora ella elegía esconderse y, si quería tener alguna oportunidad con ella, debía respetar esa elección. Estaba claro que no quería contar su punto de vista. ¿Era demasiado doloroso?, ¿demasiado revelador?

¿Estaba Anne Balm protegiendo a la niña que un día él conoció o, tal vez, preparaba una venganza para cuando lo viera más vulnerable?

Instintivamente, alejó esos pensamientos. Eran demasiado oscuros. Habían pasado nueve años. Entendía que ella se mostrara cautelosa con él, que evitara sentirse atraída por él. Pero no; no quería creer eso último. La Barbie que él recordaba había sido auténtica en todo lo que hacía y la personalidad de la gente no cambiaba. Quizás intentara ocultar el pasado por orgullo, pero estaba seguro de que no había ninguna falsedad en sus besos. Ningún engaño en su mirada. Había sido demasiado real, demasiado entregada a la pasión que había explotado entre ellos.

Deseo mutuo.

¿O se estaba engañando a sí mismo?

Ella dejó los cubiertos sobre el plato y le dedicó una sonrisa

—Estaba delicioso. Muy buena recomendación, gracias.

—Encantado de que te haya gustado —le respondió con suavidad. Su sonrisa había hecho desaparecer cualquier sombra de duda sobre sus intenciones.

La deseaba, independientemente de cómo se llamara, independientemente de a dónde los condujera ese deseo.

Capítulo 9

SU sonrisa la derretía igual que cuando era jovencita.

Entonces, significaba que le gustaba y ahora, que la encontraba deseable. Con los ojos le decía que necesitaba volver a tenerla entre sus brazos, volver a besarla.

Solo pensarlo le provocaba una necesidad urgente de intimidad sexual.

Se encontró a sí misma apretando los muslos para encerrar y capturar la excitación. Sus pezones se habían puesto tan duros como pequeños capullos. Nunca había reaccionado de una manera tan física con ningún hombre. Estaba aturdida por la gran diferencia que existía entre querer a alguien de lejos y tener al objeto del deseo al alcance de la mano.

¿Qué habría pasado si la hubiera mirado así a los dieciséis años... si la hubiera besado?

Barbie meneó la cabeza. Tenía que dejar de pensar en el pasado.

−¿En qué estás pensando? −preguntó Nick.

−Estoy muy sorprendida de que estemos aquí juntos... tú y yo −respondió con más verdad de la que él podía imaginar.

—El destino nos ha unido.

—¿Realmente crees en el destino? —le preguntó riéndose.

Él se encogió de hombros.

—Algunas circunstancias fortuitas son extrañas... Cosas que suceden en el momento apropiado en el lugar apropiado. Quién sabe como funcionan esas cosas. ¿Es simplemente suerte o se trata de algo más? Quizás siempre estuvimos destinados a encontrarnos aquí y ahora...

A Barbie se le puso piel de gallina.

—Siempre podía haber dicho que no a tu invitación.

—Pero no lo hiciste.

Él no esperó una respuesta. Sus ojos capturaban los de ella con verdadera intensidad.

—Tengo el presentimiento de que te he estado esperando mucho tiempo —añadió con dulzura.

Barbie pensó que podía haberla encontrado si hubiese querido. Aunque, pensándolo mejor, él no sabía quién era ella. Se sentía muy confundida. Tal vez debiera decírselo todo. ¿Y ver cómo cambiaba su sonrisa por una expresión de sorpresa, de vergüenza? No; no quería eso.

—Quizás estuvimos juntos en una vida anterior —dijo Barbie con ironía.

—Y algo nos separó —añadió Nick con un brillo en mirada que la hacía sentirse incomoda, como si él pudiera leer sus pensamientos.

—Una fantasía muy romántica —señaló fríamente mientras tomaba el vaso de vino para romper el contacto visual.

Hubo un momento de silencio, después él se rio para relajar la tensión que había creado.

–Creo que me gusta la idea de las segundas oportunidades. No siempre acertamos a la primera.

–Es cierto –confirmó Barbie–. Aunque, para que te haya ido tan bien en tu negocio, debes haber tomado un montón de decisiones correctas.

–Bueno, Leon y yo vimos la ocasión; sobre todo, con el rápido crecimiento de Internet –respondió con naturalidad.

Barbie dejó el vaso en la mesa y se inclinó hacia delante, ansiosa por saber más sobre su vida.

–Perdona por ser tan ignorante; pero, ¿qué es exactamente Promociones Multimedia?

–Una empresa de publicidad.

–¿Quieres decir que diseñáis cosas para que otras empresas se anuncien?

Él asintió con la cabeza.

–Hacemos lo que podemos para presentar sus productos y que sean un éxito de ventas.

–Dame un ejemplo.

El camarero llegó para recoger los platos vacíos y les rellenó las copas de vino. La interrupción no distrajo a Barbie. Quería saber con exactitud qué hacía y cómo había llegado hasta allí. Arrastrado por las preguntas, Nick le contó que era el diseñador jefe, responsable del aspecto artístico de los anuncios. También le explicó que todo se hacía por ordenador y que algunas cosas eran tan fáciles como apretar una tecla.

Ya había sido muy hábil con los ordenadores

en el colegio, aunque, entonces, nunca le había contado lo que hacía con ellos. Ahora, parecía que dominaba la tecnología a la perfección.

Era obvio que le gustaba su trabajo, que disfrutaba con el reto que suponía cada diseño y que los resultados que conseguía le satisfacían. Ella escuchó todo lo que tenía que contarle. Había entusiasmo en su voz, pasión por hacer las cosas bien y hacer entender a los otros sus puntos de vista. Pudo sentir el fuego interior que hacía que tuviera tanto éxito, y supo que eso formaba parte de su magnetismo personal.

Había nacido para ser líder, el tipo de hombre que forja caminos para que otros lo sigan. Y en lo más profundo de su corazón, deseó formar parte de su vida.

Cuando la rechazó, había abierto un gran agujero y ahora deseaba que lo rellenara, hasta rebosar. Barbie absorbía cada palabra, cada expresión. En muchos aspectos, el hecho de que se abriera de esa manera era más íntimo que un beso. Era la aceptación de ella como un igual.

Delante de ellos, estaba el marisco que habían pedido recordándoles que estaban cenando. El flujo de conversación cesó. Nick se echó para atrás en su asiento y le ofreció una cálida sonrisa.

–Me temo que he estado hablando demasiado sobre mí mismo.

–No –negó ella rápidamente–. Me encanta que me cuentes cosas.

Él observó la sinceridad de sus palabras.

—Pero no es tu campo.

—Bueno, pero me interesa saber de todo.

—Es extraño... no suelo hablar del trabajo fuera de la oficina.

—Entonces, es un honor.

—No; el honor es mío por haberme escuchado.

—Es parte de ti.

—Sí, pero no una parte que suela interesar.

—Quieres decir... que a Tanya no le interesaba.

Deseó no haber pronunciado esas palabras. Era estúpido hablar de esa mujer cuando ya no formaba parte de la vida de Nick. Aun así, a Barbie la fastidiaba que hubiera elegido ese tipo de mujer; se suponía que la había estado esperando a ella.

Tanya Wells era una persona horrible con un trasfondo realmente malvado. Él tenía que haberse dado cuenta de eso. ¿O con el sexo había tenido suficiente? ¿Era eso lo que buscaba en ella, una compañera para el sexo?

—Entiendo que no te cayera muy bien Tanya –añadió pesaroso–; pero podía ser muy divertida cuando quería.

«Divertida», se dijo Barbie pensando en la diversión y en los juegos de cama.

—Un desahogo a la tensión del trabajo.

—Quizás no debería haber sacado el tema del trabajo.

—Contigo es diferente –le aseguró con una sonrisa que volvía a causar estragos.

Barbie tomó aliento y se dedicó a la comida. Necesitaba algo que aplacara los nervios que sentía en el estómago.

Diferente... le encantaba la sensación que esa palabra producía. Le daba verdaderas esperanzas. Lo que hubiera compartido con Tanya, o con otras mujeres, no importaba. Después de todo, ella también había tenido sus historias... A veces la necesidad hacía que la gente cometiera errores. ¿Por qué echarle la culpa a Nick de los suyos?

Aquella era su segunda oportunidad. Y Barbie la deseó con todo su ser.

Nick se comió el centollo de manera mecánica, sin apenas saborearlo. No le gustaba que hubiera sacado el tema de Tanya, era como si lo estuviera poniendo a prueba. Ya le había explicado la razón de su comportamiento de hacía nueve años. Cualquier persona razonable habría aceptado la explicación. Además, le había dado tiempo para digerirlo concediéndole una nueva oportunidad para que admitiera que ella era Barbie.

¿Por qué la había esquivado?

¿Qué más podía decirle?

Los recuerdos de su veintiún cumpleaños comenzaron a invadirlo. Su madre había decidido que Barbie cantara la canción de cumpleaños debido a su preciosa voz. Pero la manera en que la cantó le hizo sentir mucha vergüenza: sus sentimientos eran completamente transparentes. Ya había decidido alejarla de él, por eso, cuando le entregó su regalo, lo dejó a un lado sin ni siquiera mirarlo. Más tarde, descubrió que se trataba de un reloj. Se sintió fatal. Sobre todo, por que Jasmine

Elliot le había regalado otro reloj que sí se había puesto. Había sido muy cruel con Barbie.

Pero era demasiado pequeña. Nunca hubiese funcionado.

Ahora era el momento.

¿O no le había perdonado lo que hizo?

De nuevo surgían las dudas. ¿Estaría preparando una venganza? ¿Sería el interés que mostraba genuino o querría engatusarlo para que el golpe fuera más duro?

Pero era demasiado pequeña.

Mientras que ahora...

La observó mientras comía, la manera en que se llevaba el tenedor a la boca le resultaba muy seductora. Sus manos eran firmes y delicadas y tenía los dedos largos. Deseó que esas manos lo acariciaran suavemente, sensualmente... Sus largas pestañas velaban la expresión de sus ojos. Su pelo era sedoso y brillante y como una cascada de tentación se burlaba de su imaginación y llevaba a su mente fantasías eróticas. ¿Qué se sentiría al tenerlo sobre su almohada... sobre su cuerpo desnudo... acariciándole la piel?

Ella acabó la comida.

—Se puede decir que te alimentas muy bien, si vienes aquí a menudo. Estaba delicioso, Nick.

Sus preciosos ojos grises parecían carecer de cualquier artificio, sin embargo, debía estar tomándole el pelo. ¿Por qué si no iba a estar ocultando su identidad? ¿Cuánto tiempo pensaba seguir así? ¿Hasta dónde iba a entregarse antes de darle la espalda?

–Hay muchos restaurantes buenos por aquí –señalo apartando su plato–. Me gustaría enseñártelos todos.

Ella se puso colorada. ¿De vergüenza o de placer?

–A mí también me gustaría –le dijo con sinceridad. Con la mirada le explicaba que la mayor atracción era él y no la comida.

Él no podía soportar más aquel tormento. Tenía que llevarla al límite, saber si realmente quería estar con él.

–¿Te apetece un postre?

Ella negó con la cabeza.

–Ya he tenido bastante, gracias

–Entonces, déjame enseñarte mi casa. Te invito a un café.

Su cara se puso más colorada aún. Lo miró fijamente, con agonía e indecisión.

Nick permanecía sentado, devolviéndole la mirada. Si realmente deseaba estar con él, tendría que demostrarlo. Si solo se trataba de un juego de venganza, ahora se vería. Tendría que poner excusas para no estar juntos en un lugar privado con el riesgo de una intimidad peligrosa.

Quizás estuviera embistiendo como un toro, pero tenía que comprobarlo.

–De acuerdo –dijo con un murmullo de voz.

Al ir a su casa estaba renunciando a tener el control, arriesgando más de lo que lo haría ningún jugador. Pero él estaba decidido a jugar duro.

–¿Compraste el piso hace mucho tiempo?

–Dos años.

–El tiempo suficiente para convertirlo en tu hogar.

Sentía mucha curiosidad, realmente quería ver el piso.

–Lo he amueblado a mi gusto, si eso es lo que quieres decir –le respondió preguntándose si entraría en su dormitorio. Quería tenerla allí, era el mejor sitio para probarla.

–¿Has utilizado un decorador de interiores?

–No. Estuve mirando por ahí, comprando lo que me apetecía.

–Me imagino que quisiste satisfacer tu propio gusto.

Su corazón le dio un vuelco al darse cuenta de que ella lo entendía mejor que Leon. Su amigo le había dicho que salir a buscar muebles era una pérdida de tiempo. Siempre decía que había que dejar a los expertos hacer su trabajo. Y, desde luego, habían hecho un buen trabajo en el piso de su amigo. Con todo, él prefería el suyo. Le producía verdadera satisfacción personal vivir entre las cosas que él mismo había elegido.

–El estilo no es demasiado importante para mí –reconoció–. Prefiero la comodidad.

Y más que nada en el mundo quería sentirse cómodo con ella, sin secretos. La llevaría al límite y la forzaría a decir lo que ocultaba.

El camarero llegó para llevarse los platos y les ofreció la carta de postres.

–No. Ya hemos terminado– dijo mientras sacaba la cartera para pagarle–. La cuenta, por favor.

–Enseguida.

–¿Quieres más vino? –le preguntó al ver que tenía el vaso vacío.

–No, gracias.

Estaba nerviosa, pero con un toque de determinación. Parecía que todavía no quería echarse atrás. Tomó el vaso de agua y le dio un trago. ¿Tendría pensamientos ardientes? ¿Necesitaría enfriarse?

Pronto lo descubriría.

El camarero volvió con la cuenta y Nick la pagó deseoso de llevarse a Barbie a su terreno. Anhelaba tocarla y la espera era como fuego en las venas. A duras penas podía contenerse.

Antes de que pudiera llegar a su silla, ella ya se había levantado. Por un momento, Nick tuvo la impresión de que iba a salir corriendo.

Tomó su echarpe de color crema del respaldo de la silla y la envolvió con él. Tenía la piel de gallina.

–¿Frío? –murmuró.

–Un poquito –admitió ella con poca voz.

–Entrarás en calor en mi piso –le prometió. Le sacó el pelo que se le había quedado debajo del chal y aprovechó la oportunidad para acariciarlo.

Ella no protestó por la libertad que se estaba tomando. Una oleada de triunfo le recorrió el cuerpo. Sabía que no se iba a echar atrás ahora; no, una vez llegados a ese punto. La tomó de la mano, entrelazando sus dedos.

Ella tomó aliento y dudo un instante antes de seguir su paso.

Sabía que había ganado, pero el sentimiento de

victoria estaba empañado por esos pequeños signos de vulnerabilidad. Las palabras de Leon resonaban en su mente.

«Vas demasiado deprisa, Nick. Trátala bien. Conócela primero».

Estaba de acuerdo, siempre que ella lo tratara bien a él.

Ella había empezado el juego. Había cerrado todas las puertas y, aunque le había dado más de una oportunidad para abrirlas, no lo había hecho. Ahora tenía todo el derecho del mundo a derribarlas. Tenía que saber qué pretendía. Necesitaba saberlo antes de seguir adelante, antes de intentar construir un futuro.

Barbie Lamb... la chica... la mujer... perdida y encontrada.

No iba a perderla de nuevo.

No sin luchar.

Capítulo 10

NO está lejos –le dijo Nick para animarla. El corazón de Barbie latía a toda velocidad. Sue diría que estaba loca por acompañarlo a su piso. Demasiado lejos, demasiado deprisa. Pero él la llevaba de la mano, dirigiéndola, y ella no podía resistirse, no importaba lo lejos que fueran. La necesidad de mantenerse agarrada a él era más fuerte que cualquier argumento de sentido común.

Sería imposible mantener su identidad oculta durante mucho más tiempo. Nick había dicho que Anne Balm era una mujer muy especial para él, por lo que era inevitable pasar juntos el mayor tiempo posible para comprobarlo. Solo entonces, Anne y Barbie podrían emerger como una única persona.

Además, la casa que había elegido le descubriría muchas otras cosas sobre él, razonó Barbie; aunque la razón tenía muy poco que ver con el viaje que estaba emprendiendo.

La mano que la asía era poderosa, cálida, fuerte y pertenecía a Nick... Nick la deseaba. No importaba ni el propósito ni el tiempo que durara. El sentimiento era tan dulce, que Barbie lo hubiera acompañado al fin del mundo.

—¿Sabes cocinar? —le preguntó intentando sonar natural. Aunque, en realidad, se sentía muy afectada por su cercanía y por la invitación a estar aún más cerca.

—No mucho. El desayuno y poco más.

Cama y desayuno...

Rápidamente, abandonó ese pensamiento traicionero, pero perdió todo interés por los temas triviales. La excitación nerviosa de estar con Nick la consumía y su silencio parecía transmitirle que él sentía lo mismo... necesitaban estar solos.

No tenía ni idea de cuánto tiempo llevaban caminando bajo los soportales, ni se daba cuenta de lo que los rodeaba. Era como si hubiese entrado en un sueño donde todos sus deseos se cumplían y se negó a tener en cuenta la realidad, la cual podía ser muy diferente.

La condujo a través de una enorme arcada de mármol que daba a un patio interior del que salía una escalera de caracol.

—¿Tenemos que subir por ahí?

—No. Es solo para oficinas.

Sin dar más explicaciones, la llevó a los ascensores. La puerta se abrió nada más pulsar el botón. Al entrar, Nick sacó una tarjeta de seguridad que introdujo en la ranura del panel de control. Desde luego, todo el sistema indicaba una exclusividad que solo los ricos podían permitirse.

Nick apretó el número ocho. ¡Un octavo piso, las vistas debían de ser de ensueño!

¿La trataría Nick como a una princesa... o se daría de bruces contra la realidad?

De nuevo, dejó de lado un tema escabroso en el que no le apetecía pensar. Además, él se había sentido protector con ella. Aunque, esa había sido Barbie. De todas formas, instintivamente confiaba en que él no iba a hacer nada que ella no quisiera. Si sucedía algo, probablemente sería por su propio deseo.

Al salir del ascensor, Nick le soltó la mano para sacar la llave. Por un momento, la separación le hizo dudar sobre lo que estaba haciendo. Entonces, Nick abrió la puerta y con la mirada la retó a entrar.

Su corazón dio un vuelco. Era como en los viejos tiempos. Ella era valiente, capaz de seguirlo, hacer lo que él hacía... ¿Sería igual ahora?

El orgullo y el deseo de no decepcionarlo le hicieron dar ese paso.

El temor de estar entrando en terreno peligroso se desvaneció al ver lo espacioso que era el salón. La primera impresión fue cálida. Ella deseó ver su mundo privado, quería compararlo con el hombre.

–¡Esto es precioso, Nick! –exclamó observándolo todo, feliz porque le encantaba lo que él había elegido.

En la zona del salón, había dos sofás de terciopelo verde y una gran mesa baja cuadrada. Las cortinas iban del techo al suelo y, tras ellas, obviamente, se escondía una magnífica vista. Estaba intentando imaginársela cuando Nick se acercó al ventanal y las descorrió.

Incluso de noche, el panorama quitaba el aliento: las luces de la ciudad que ascendían desde el puerto, los faros de los barcos, el foco de la isla del Fuerte Denison...

–¡Vaya! –exclamó con deleite dirigiéndose hacia delante para poder ver más–. Debe de ser maravilloso poder disfrutar de estas vistas a diario.

–Sí. Siempre sucede algo interesante. Transatlánticos que llegan al puerto, competiciones de yates, barcos de guerra...

En el salón también estaba pasando algo. Nick se estaba acercando a ella y su vibrante masculinidad la golpeó como si fuera la primera vez. Su corazón se puso a latir desaforadamente. De repente, su masculinidad parecía muy agresiva, los ángulos de su cara más afilados... de todo su cuerpo emanaba un solo propósito.

–No creo que necesites esto –dijo quitándole el echarpe, reemplazando la prenda con un abrazo.

La llevó hacia la zona del comedor. Estaba separada de la cocina por una barra con dos taburetes altos para que la gente se sentara a charlar con quien quiera que estuviera cocinando.

–La estructura abierta permite que la vista se disfrute desde todos los sitios. Tienes una vista similar desde el dormitorio principal. Ven a verla.

Barbie lo miró a los ojos y vio que la estaba retando de nuevo. Ella no entendía el porqué de ese reto... Antes de que pudiera seguir analizándolo, él la llevó al dormitorio.

Caminaba abrazada a su lado, plenamente consciente de su cercanía, rozándose con cada paso que daban.

Nick abrió la puerta, encendió las luces y, después de haberla introducido en la habitación más privada de toda la casa, la dejó junto a la cama. Se acercó a una mesita y pulsó un botón. Las cortinas del extremo opuesto se abrieron solas mostrando unas magníficas vistas. Pero Barbie estaba demasiado concentrada en la cama como para ver nada más.

Le apetecía tocar la colcha; parecía de piel. Sobre el cabecero, había algunos cojines también de piel y otros de terciopelo rojo. Se inclinó para acariciarla.

—¿Es piel de verdad? —preguntó incapaz de dejar de acariciar la suave y lujosa colcha.

—No, es de mentira.

—Parece de verdad.

—Sí, lo sé. Parece real a la vista y al tacto. Es una imitación tan buena que podría engañar a cualquiera. Pero es una reproducción artificial... como tú —dijo Nick mirándola con gestó irónico.

—¿Qué?

—Lo de hada de cuento para niños. Pareces de verdad, pero en realidad eres de mentira.

Barbie se enderezó como impulsada por un resorte, sintiendo que estaba atacando su integridad.

Él rodeó la cama con los brazos extendidos, buscándola.

—Así es que me pregunto... si eres real, Anne.

¿Sospechaba algún engaño? ¿Cómo era posible?

—No sé qué quieres decir.

Ahora estaba a su lado, lo suficientemente

cerca como para acariciarle la mejilla, para que sus ojos escudriñadores la abrasaran.

–Has venido a mí vestida de formas diferentes, interpretando papeles distintos.

–Son solo disfraces –dijo a la defensiva–. En el fondo, siempre soy la misma persona.

Él la rodeó por la cintura y la atrajo hacia sí. Sus cuerpos estaban ahora unidos. No tenía ni idea de lo que estaba pasando, solo intuía que la estaba poniendo a prueba.

Nick introdujo los dedos en su pelo y con el pulgar le acarició la sien, como si quisiera infiltrarse en su pensamientos. A Barbie le temblaban las piernas, aunque no sabía si era por excitación o por miedo. Estaba confusa. La intensidad de los sentimientos la impedía pensar con claridad.

Recordó el beso de la fiesta... todo había sido perfecto.

–¡Bésame! –susurró. Necesitaba que todo entre ellos volviera a marchar bien.

Por un momento, los ojos masculinos se oscurecieron con emociones turbulentas. Después, su boca se estampó contra la de ella en un beso cálido y salvaje a la vez. Parecía como si quisiera destruir cualquier barrera que pudiera separarlos.

En la caricia había furia, deseo, frustración, necesidad de tomar en lugar de dar... Parecía que aquella iba a ser su única oportunidad. Estaban ansiosos y febriles. Necesitaban saber, comprobar que aquello era lo que siempre habían ansiado.

En un instante de lucidez, Barbie pensó que era una locura en la que no había vuelta atrás, pero no le importó. Ya no era una niña que seguía a Nick Armstrong a todos lados. Ahora, lo tenía sujeto contra su cuerpo y podía sentir la dura masculinidad que pedía penetrar en ella. La estaba devorando con su boca una y otra vez, necesitaba su esencia y estaba dispuesto a conseguirla.

Su mano bajó del pelo a la espalda y, al toparse con la cremallera, la abrió.

Barbie decidió que no podía dejar que él la aventajara. «Puedo hacer todo lo que tú hagas, esta vez no me vas a dejar atrás», le dijo sin palabras arrancándole la camisa.

Ahora, toda la ropa estaba esparcida por los suelos.

Unas manos fuertes la sujetaron por la cintura y la levantaron del suelo para después dejarla con suavidad sobre la cama. Barbie se hundió en la suave espesura de la colcha que acariciaba su piel desnuda.

Nick estaba allí de pie, como un hombre de las cavernas, con el pecho inflado y la mirada brillante fija en la presa que había llevado a su guarida.

—¿De verdad quieres llegar tan lejos?

—Yo ya estoy aquí —le respondió con furia mientras que una pequeña diablesa la incitaba a provocarlo—. Tú verás si quieres venir conmigo.

Sin lugar a dudas, él era más fuerte físicamente. Tenía el cuerpo musculoso. Pero ella también tenía poder porque era la mujer que él deseaba y su evidente erección lo hacía innegable. Era fantástico que fuera él el que tuviera que ir a ella. Se sentía maravillosamente por obligarlo a seguirla, y tenía que seguirla porque necesitaba estar con ella.

Él hincó una rodilla en la colcha y con la otra le separó las piernas adoptando una posición de superioridad. Una corriente de vulnerabilidad la invadió de repente, pero no iba a dejar que él ganara. No iba a mostrar miedo.

Nick apoyó los brazos a los lados de la cabeza de Barbie aún sin tocarla.

«Ven y tómame», lo retó con la mirada.

Se acabó el juego del escondite.

Él tomó su boca y la invadió con tal pasión que el cuerpo de ella se arqueo de manera instintiva pidiendo más. Pero él se mantuvo alejado resistiendo el empuje de sus brazos. Una mirada de satisfacción brillaba en sus ojos.

Después, dejó de besarla y su cabeza se movió hacia abajo para acariciarle los pechos. Primero se metió un inflamado pezón en la boca, luego el otro. Y todo lo que ella supo fue que la hacía estallar de placer mientras la succionaba, la mordisqueaba... la excitaba de manera exquisita y violenta haciéndola desear más y más.

Entonces, ella introdujo las manos en su pelo y le sujetó la cabeza para tomar el control y moverlo al ritmo que su placer requería.

Pero él eludió una vez más cualquier sumisión y se liberó de sus manos para descender con la lengua por el estómago dejando un rastro de calor. Cada vez bajaba más.

Deslizó una mano bajo los suaves pliegues hú-

medos de entre las piernas y sus dedos la acaricia-
ron suavemente, en círculos, presionando...

Ella dejó de acariciarlo, las sensaciones eran
tan fuertes, que instintivamente cerró los ojos
para concentrarse en la caricia.

De manera increíble, a la mano se le unió la
boca con un beso tan íntimo que Barbie dio un
respingo. Pero un brazo la rodeaba por las caderas
sujetándola con fuerza para que no se moviera. El
susto inicial desapareció y una oleada de maravi-
llosas sensaciones se vertió por todo su ser. El
movimiento rítmico la inundaba de un placer que
suplicaba un contacto verdadero.

–¡Para! –gritó sin poder contenerse más, sin
poder resistirlo más–. ¡Nick, ven conmigo ahora!

Se abrazó contra él desesperada y febril, dispuesta a luchar por conseguir lo que quería. Pero
no tuvo que luchar. Él se levantó y se abalanzó
sobre ella metiéndose donde ella quería, con una
penetración tan profunda, que la llenó de un pro-
digioso éxtasis.

–Sí... así –murmuró con alivio mientras lo
apretaba con todos los músculos interiores.

–Abre los ojos –dijo con una imperiosa necesidad y Barbie le hizo caso de manera inmediata.

Su mirada era abrasadora.

–No los cierres. No quiero ser una fantasía. Esto
es muy... –dijo echándose para atrás dejándola va-
cía–... real –aseguró con firmeza y volvió a intro-
ducirse para demostrar la fuerza de su realidad.

–Muy real –confirmó Barbie, disfrutando con
la prueba.

Burlón, volvió a retirarse despacio y la dejó temblando de deseo. Después, la penetró de nuevo volviendo a llenar el vacío, tomando posesión de ella, estableciendo olas convulsivas de intensa excitación

—¿Te gusta?

—Sí, sí... —gritó como respuesta—. Claro que me gusta. Tienes que notarlo.

—Solo quería oírtelo decir.

¿Sería un triunfo para él? ¿Estar encima de ella?

—No juegues conmigo, Nick. Solo quiero que estemos juntos. ¿No quieres tú lo mismo?

Él cerró los ojos, suspiró y, sin decir otra palabra, inició un ritmo de consumación.

Sus cuerpos se movieron al unísono, piel contra piel, de manera primaria, poderosa... despertando un sentimiento largamente adormecido.

A ella la fascinaba sentirlo, le encantaba que la adorase. No supo cuántas veces alcanzó el clímax. Era maravilloso que él no parara, que deseara seguir y seguir. Utilizó sus manos para transmitirle lo bien que se encontraba, para acariciar su precioso cuerpo, para adorarlo. Pero quería que él también aliviara su tensión y lo ayudó a que alcanzara el clímax moviendo todo su cuerpo de manera voluptuosa e irresistible. Deseaba darle todo lo que él le había dado a ella.

Finalmente, llegó y una explosiva sensación de calor la inundó por dentro. Entonces, Nick la abrazó con fuerza contra su cuerpo y ella pudo descansar la cabeza sobre su corazón. Ahora los dos podían relajarse.

¡Qué maravilla poder estar tumbados juntos! Barbie deseó que ese fantástico sentimiento de bienestar pudiera durar para siempre.

¿O era una fantasía?, se preguntó Barbie al recordar las palabras que Nick le había dicho antes. La verdad era que no quería que ningún pensamiento oscuro estropeara la realidad que estaba viviendo en ese momento. Por eso habló, para dejar claro cualquier duda que él pudiera tener sobre sus motivos.

—Esto no es ninguna fantasía para mí, Nick. Más bien, podría decir que se trata de un sueño hecho realidad.

«¿Qué sueño?», se preguntó Nick. Ella seguía sin admitir su identidad, lo había invitado a besarla, retado a tomarla, suplicado que acabara lo que había empezado... Y el final había borrado de su mente cualquier preocupación.

Era casi una lucha tener que pensar en eso en esos momentos, cuando se sentía tan bien con ella. No quería pensar en la niña que un día rechazó. Deseaba sumergirse en la mujer que tenía entre los brazos, pero no pudo dejar de preguntarse qué quería decir con lo de un sueño hecho realidad.

¿Habría acaso pretendido tomarlo como amante para mostrarle lo que se había perdido todos esos años?

¿Cuál sería la próxima jugada? ¿Decirle su nombre para después dejarlo con el sabor de la miel en los labios?

La tormenta de su mente cesó al sentir que lo acariciaba. Barbie había comenzado a chuparle un pezón y el inesperado estallido de erotismo hizo que le tirara del pelo para levantarle la cara.

–Tú me lo hiciste a mí y ahora te toca a ti.

–¿Me devuelves la pelota?

–Déjame. Quiero hacerlo.

Él la dejó.

Sus besos lo excitaron enormemente. De repente, sintió que sus dedos descendían y descendían encendiéndolo aún más. Después, su mano lo acarició y se sintió morir de necesidad.

Él comenzó a moverse y ella lo detuvo tomando toda su erección con la boca. Nick no podía contenerse ni un minuto más, pero la quería a ella. Quería poseerla de nuevo por lo que se incorporó un poco para sujetarla por la cintura y ponerla encima de él.

–Móntame –la invitó sin importarle lo que ella tuviera pensado hacer con él después. Era una diosa y, si quería, podía robarle el corazón. En ese momento, se lo permitiría todo.

Sus ojos brillaban por el poder que le producía estar encima de él. Lo cabalgó despacio, saboreando cada embestida. Era un movimiento increíblemente sexy, como si estuvieran bailando un íntimo vals erótico. Sus pechos desnudos estaban al alcance de sus manos y los sujetó para sentir la suavidad y el movimiento.

El deseo de poseerla no cesó con el orgasmo. Su cuerpo lo excitaba sin fin, su boca le provocaba oleadas de pasión, su sensualidad era más erótica que nada que hubiese sentido jamás. Ella le daba a las gastadas palabras de hacer el amor un sentido verdadero.

Nick se quedo profundamente dormido y su placido sueño duró hasta la mañana siguiente. No sintió ningún cambio, ningún movimiento. Ni siquiera se percató de que lo dejaban solo.

Con una sonrisa de satisfacción provocada por los recuerdos de la noche anterior, Nick abrió los ojos... y ella no estaba allí. Se había marchado de su casa y no había ningún indicio de que fuera a volver a verla.

Capítulo 11

NICK llegó al garaje de la empresa justo cuando Leon se bajaba de su BMW. Mal momento. No tenía ni pizca de ganas de hablar con él porque sabía perfectamente cuál sería su tema de conversación.

Apagó el motor y se quedó pensando si salir del coche o no. En ese momento, lo que le más le apetecía era ir al piso de Barbie para que le dijera cara a cara por qué lo había dejado solo. Si supiera que así iba a conseguir lo que quería...

Si eso era lo que tenía en mente cuando empezó todo, nada iba a hacerla cambiar de opinión. Sin embargo, si lo que quería era más tiempo, tiempo para pensar... entonces, quizás el tiempo fuera su aliado.

De cualquier manera, no podía evitar sentir que ese era el día del Juicio Final.

Leon golpeó en la ventanilla del coche con una pregunta divertida en el rostro. Con un suspiro de frustración, Nick abrió la puerta. Estaba decidido a no satisfacer la curiosidad de su amigo. De todas formas, no tenía ninguna respuesta que darle.

–¿Fue todo como esperabas con la hermosa Anne?

Nick lo miró cansado.

—Métete en tus asuntos, Leon.

—Te recuerdo que soy una parte interesada —le dijo con rapidez.

Atrapado en su propio dilema Nick había olvidado que Leon estaba interesado en Sue Olsen. Cerró la puerta del coche pensando que la compañera de Barbie debía estar al tanto del engaño. ¿Y dónde la colocaba eso?

—¿No fue lo que esperabas después de todo? —insistió Leon.

—Ella es todo lo que yo espero —le contestó Nick deseando que se acabara el interrogatorio. Necesitaba más tiempo para pensar en lo que había sucedido.

Leon lo miró con escepticismo.

—Entonces, ¿por qué no estás radiante de alegría?

—Porque no estoy seguro de lo que quiere —le contestó con sinceridad—. Y ahora olvídalo, Leon.

—¿No te precipitarías?

—¡He dicho que lo olvides!

—Sí, claro. Eso si no me llevo un rapapolvo de Sue.

La pequeña pelirroja estaba metida en el asunto. Le había seguido la corriente con el tema de Anne Balm el día anterior. Quizás las dos estuvieran jugando a lo mismo, Barbie con él y Sue con Leon. Nick se mordió la lengua para no decirle nada a su amigo. No merecía la pena hasta que supiera de qué se trataba aquel juego.

–Espero que te puedas concentrar en las entre-vistas de hoy.

–¿Qué entrevistas?

–Las que tienes que hacer para decidir con qué artistas gráficos te quedas. Por supuesto, soy consciente de que las presiones que tienes ahora no tienen nada que ver con el trabajo, pero...

–No te preocupes. Estaré listo para hacerlas –cortó tajante–. Llévalos a mi oficina tan pronto como lleguen.

–La primera es a las diez.

–De acuerdo.

–Mírate primero los currículos, Nick. No que-remos en la oficina gente que no encaje.

–Sé cómo ocuparme de mi trabajo –le dijo muy serio.

–Bien –le respondió Leon y se metió en su despacho.

Nick continuó hasta el suyo contrariado por el desarrollo de los acontecimientos. ¿Por qué no había sido sincera con él? ¿Y cómo demonios ha-bía tenido el valor de largarse y dejarlo solo des-pués de lo que habían compartido? ¿Realmente pensaría que ese grado de armonía sexual se po-día encontrar en cualquier parte?

Cuando llegó a su despacho, Nick sabía que te-nía que forzar la situación, fuera cual fuese el re-sultado. No era solo él. A Leon también lo afecta-ba todo aquello. Tomó la guía telefónica y marcó el número de Barbie con determinación. Oyó la llamada al otro lado de la línea y deseó con deses-peración que no saltara el contestador automático.

–Fiestas En Casa –anunció la inconfundible voz de Sue Olsen–. ¿En qué podemos ayudarlo?

«Saliendo del pastel que habéis preparado», pensó Nick. Estuvo a punto de preguntar por Barbie Lamb para ver cómo reaccionaba su amiga, pero quería que fuese la propia Barbie la que lo admitiera.

–Soy Nick Armstrong. ¿Puedo hablar con Anne, por favor?

El nombre falso retumbó en sus oídos.

–Anne –repitió Sue como si a ella también le sonara mal el nombre–. Un momento por favor, voy a buscarla.

–Gracias.

Nick pensó que si Sue estaba realmente interesada en Leon no estaría muy de acuerdo con el engaño. Quizás, en ese momento, estaba forzando a Barbie para que le dijera la verdad.

Pensó que tendría que manejar la conversación con sumo cuidado para no acabar con cualquier atisbo de esperanza.

–¡Despierta bella durmiente! Levántate.

La orden de Sue le llegó a través de los sueños y la hizo incorporarse como empujada por un resorte.

–¿Qué pasa? –preguntó adormilada.

–Son casi las nueve y tu príncipe azul está al teléfono –le dijo Sue sin mostrar el mínimo ápice de simpatía.

–¿Príncipe azul?

–Nick Armstrong. Acabemos con los temas personales antes de que empiece el horario de trabajo ¿De acuerdo?

–Nick... al teléfono... –su corazón empezó a latir deprisa.

–Sí y pregunta por Anne, por lo que debo deducir que no le has contado nada.

Barbie saltó de la cama y corrió al teléfono intentando despejarse. Quizás Nick quería saber por qué se había marchado sin decir nada. ¿Cómo podría explicarle que temió que no la deseara a la luz del día? Después de todo, no sabía quién era ella y llevársela a su dormitorio en la primera cita... ¿sería esa su costumbre con las mujeres?

Cuando se quedó dormido, las palabras «cama» y «desayuno», comenzaron a darle vueltas en la cabeza. No sabía qué había significado la experiencia para él y tuvo miedo de enfrentarse a la mañana.

–No me explico de qué estuvisteis hablando hasta las tres de la madrugada –la increpó Sue –. No creo que fuera de Barbie Lamb. Tampoco creo que ningún restaurante esté abierto hasta esas horas.

–¿Las tres?

¿Era tan tarde cuando dejó el apartamento de Nick? No había mirado el reloj. Tenía demasiadas cosas en la cabeza.

–Eran casi las cuatro cuando llegaste –le respondió Sue–. ¿Te llevó a algún sitio?

–Está esperando al teléfono –le recordó Barbie cortando con el interrogatorio–. Además, decidimos que este era asunto mío, Sue.

–¡De acuerdo! –respondió enfadada y se marchó de la habitación–. Sigue enredándolo todo.

–Gracias por despertarme –fue todo lo que Barbie pudo decir. Sabía que no podía buscar ni comprensión ni consejo en su amiga.

–Me gustaría que realmente despertaras –respondió fríamente mientras se dirigía a su dormitorio–. No olvides que tenemos una representación esta noche. No hagas planes.

Barbie levantó una mano para indicarle que lo había oído mientras su mente buscaba ansiosa una respuesta que pudiera satisfacer a Nick. Esa llamada debía significar que quería seguir la relación con Anne Balm.

O volver a acostarse con ella.

¿Habría cometido un terrible error al irse con él a la cama? Al recordar cómo lo había incitado enrojeció de vergüenza.

–¡Hola! –fue todo lo que consiguió decir.

–¡Hola! –contestó Nick. Después de un silencio que ella no supo romper, él añadió–: te he echado de menos esta mañana.

–Pensé que era mejor que me marchara –dijo rápidamente buscando una explicación–. No estaba segura... quiero decir... el coche... no recordaba si lo había dejado bien aparcado... Sue me estaba esperando... y...

–Y no quisiste despertarme para despedirte –acabó él la frase para echarle una mano.

Ella respiró al comprobar que había aceptado su explicación. No podía explicarle el conflicto que sentía porque ni siquiera le había dicho quién era. Ahora le daba más vergüenza todavía.

–Me preguntaba si lo de anoche fue tan especial para ti como para mí –continuó después de otra pausa.

–Sí, muy especial –le respondió Barbie recordando que se había entregado por completo y que había disfrutado de cada instante.

–Entonces, ¿no hay nada que te preocupe?

Un millón de cosas, pero ninguna de la que pudiera hablar con él.

–Estoy bien, Nick –le aseguró–. Lo siento. Me marché sin decir nada. Pero... era tarde... y...

–De acuerdo. Lo entiendo. Simplemente se me ocurrió que podíamos hablar. Si hay algo que quieras decirme... sobre lo que sea... Quiero volver a verte. Me encantaría.

–A mí también –dijo rápidamente.

Pero tenía dudas sobre cuál sería el camino que tomaría. El tiempo lo diría, se dijo a sí misma. Necesitaba más tiempo.

–Entonces, ¿quedamos esta noche?

–Tengo trabajo, Nick. Pero mañana estoy libre. ¿Si te viene bien?

–Perfecto. Te recogeré a las siete.

–¿Aquí? –a Barbie no le gustó mucho la idea–. No me importa que quedemos en el centro.

–Es mejor que te recoja. Así no tendrás problemas con el coche. Estaré encantado de llevarte a casa cuando quieras. Solo tendrás que decírmelo.

Un sentimiento de culpabilidad la invadió.

–Lo siento, Nick. Debí dejarte alguna nota. ¿Tienes mi dirección?

–Sí, viene en la guía telefónica. Voy a esperar a pasado mañana con impaciencia.

–Yo también –dijo con una sonrisa y colgó el auricular.

Nick no estaba sonriendo. Le había dado otra oportunidad para que se lo contara todo y no lo había hecho. Todavía no sabía si actuaba movida por un sentimiento de venganza o si lo estaba poniendo a prueba... ¿Había estado fingiendo al teléfono o había sido sincera? Ahora tenía que esperar dos días para ver qué sucedía.

Solo tenía una cosa clara. Que no podía continuar con esa farsa. Era deshonesto por ambas partes. Ella por hacerse pasar por otra persona y él por no decirle que sabía quién era.

Tenía que acabar con eso.

Por un lado, le resultaría imposible actuar con naturalidad si ella insistía en seguir siendo otra. Por otro, quizás se sintiera fatal al saber que había sido descubierta y decidiera huir.

No quería que todo saliera mal. Aunque, en ese momento, ya andaba todo mal.

Tenía que buscar una salida que tuviera final feliz.

Lo que necesitaba era una intervención del exterior que la forzara a revelar su identidad y la razón por la que actuaba de esa manera. Una vez que supiera lo que tenía entre manos, podría intentar ganársela. No podía creer que lo que había pasado la noche anterior entre ellos no hubiese sido genuino.

¿A quién podía utilizar? ¿A Leon? ¿A Sue? No quería depender de su amigo y no había motivo para que Sue lo ayudara.

De repente, pensó en su hermana y en la idea que ya había tenido una vez. Si ella contrataba a los Girasoles Cantantes... Sí, ella la recordaría y el secreto saldría a la luz.

Nick volvió a tomar el teléfono.

No se paró a pensar en lo acertado del plan. Solo sabía que estaba cansado de Anne Balm, que quería a Barbie Lamb.

Y la quería al día siguiente por la noche.

Capítulo 12

NO veo a ningún crío –dijo mirando alrededor–. ¿Estas segura de que es aquí, Sue?
–Sí. Lo comprobé dos veces. Probablemente estén dentro esperando la gran sorpresa.

Barbie no estaba convencida. Estaban en una calle muy exclusiva en un barrio residencial que rezumaba dinero. No era el típico sitio para familias con niños pequeños.

–Me parece extraño. Sobre todo, porque el encargo nos lo hicieron ayer, no es normal que estas cosas se organicen con tan poco tiempo. Quizá se trate de una broma de mal gusto.

–¿A quién le importa? Ya nos han pagado. Estamos aquí y vamos a entrar –declaró Sue sin tener en cuenta las dudas de Barbie–. Son casi las once –dijo mirando el reloj–. Recoge los sombreros.

Ya llevaban puestas las mallas, las camisetas verdes y las faldas con pétalos.

–Mira, una mujer está saliendo de la casa –le informó Sue–. A lo mejor nos ha visto llegar. Date prisa, probablemente sea la señora Huntley. Parece tener la edad apropiada para ser madre de niños pequeños.

Barbie estaba tan ocupada preparando el equipo de música que iban a necesitar, que ni siquiera miró a la mujer que se acercaba. Estaba tranquila porque no había habido ningún malentendido y la llamada había sido verdadera.

Sue estaba fuera del coche para saludar a su cliente.

—¡Hola! Me alegro de que hayan llegado a tiempo —estaba diciendo la madre—. Tengo a los niños en el salón. Quería que fueseis una sorpresa.

—Usted debe de ser las señora Huntley —dijo Sue para cerciorarse.

—Así es. Soy Carole Huntley. Mis hijos son Stuart y Tina.

—Yo soy Sue Olsen y esta es mi compañera...

Barbie llegó al lado de Sue con una sonrisa preparada.

—...Barbie Lamb.

A Barbie se le heló la sonrisa en la cara al reconocer a la señora Huntley. ¡Se trataba de Carole Armstrong! ¡La hermana de Nick!

—¿Barbie Lamb? —repitió Carole con incredulidad—. ¿Tú no serás...? —dijo con los ojos azules escudriñando la cara que surgía de los pétalos de girasol—... Sí, eres tú. Tienes unos ojos inconfundibles. Aunque han pasado muchos años —añadió meneando la cabeza sin podérselo creer del todo—. Yo soy Carole Armstrong. ¿Te acuerdas? La hermana de Danny y de Nick.

—Carole... —exclamo Barbie con el alma en los pies.

–¡Dios mío! ¡Cuánto tiempo! La última vez que te vi fue en el cumpleaños de Nick. Parece que te has dedicado a cantar profesionalmente.

–Más o menos –murmuró Barbie incapaz de decir nada más por la sorpresa que se había llevado al encontrarse con un miembro de la familia de Nick.

–¡Qué genial! –continuó Carole encantada y llena de curiosidad–. Tengo que decir que eres un girasol precioso –añadió riéndose por el aspecto de Barbie–. Las dos estáis preciosas– dijo mirando a Sue.

–Gracias –contestó Sue–. Esperemos que los niños opinen lo mismo. Si nos muestra el camino...

–Sí, claro –dijo y las acompañó a la puerta –. Ahora no hay mucho tiempo, pero quizás te quieras quedar a tomar un café después –añadió mirando a Barbie.

–Tenemos otra actuación esta tarde –mintió Barbie, desesperada por encontrar una salida airosa.

–De todas formas, no sería una buena idea, señora Huntley –intervino Sue–. Se rompería la magia para los niños.

–Ya entiendo –contestó la anfitriona un poco contrariada.

–No nos ha dicho de quién es el cumpleaños.

–No; no es un cumpleaños. Stuart tiene tres años y medio y Tina va a cumplir los dos. La razón por la que os hemos llamado es que Stuart se rompió el brazo el sábado y no ha podido ir a la guardería desde entonces. Pensé que sería una buena idea organizar una fiesta en casa para entretenerle un poco.

Eso explica por qué le avisaron con tan poco tiempo, pensó Barbie. Todavía se sentía un poco conmocionada por la terrible coincidencia.

La mirada azul volvió a centrarse en ella, lo que resultaba bastante incómodo.

—El accidente del niño nos impidió ir a la fiesta de cumpleaños de Nick. Lo que me recuerda...

—Esas cosas pasan —intervino Sue y enseguida cambió de conversación—. Para que sea una verdadera sorpresa, nos gustaría que usted fuera por delante con el equipo de música y lo conectara. Así todo estaría listo para cuando nosotras entráramos.

Barbie estaba inmensamente agradecida por la distracción. Le dio el aparato a Carole y Sue le explicó lo que tenía que hacer.

—Bien. Podéis esperar en la entrada mientras lo conecto. Desde el salón no os pueden ver.

Las acompañó al interior de la casa. El recibidor tenía dos niveles separados por unos escalones y allí esperaron. Mientras, Carole se dirigió hacia el arco de la entrada del salón.

—Toma aliento, Barbie —le susurró Sue con cariño—. Yo no puedo hacer esto sola.

Barbie necesitaba oxigeno para aclarar su mente.

—Gracias por echarme una mano.

—Pareces una estatua de piedra. Olvídate de ella y concéntrate en los pequeños. El show debe continuar.

—No te decepcionaré.

—Mejor será. Si la carne está en el asador, tú eres la que tienes que hacerla; pero sin quemarme a mí. Si no actúas, te doy una patada.

—Estoy lista.

—Entonces vamos a acabar con esto y a salir de aquí.

Desde el momento en que asomaron sus caras de girasol por el arco, una docena de críos las miraron con ojos muy abiertos. Durante la actuación cantaron con ellas, bailaron, tocaron las palmas. En fin, durante toda la representación, se respiró un ambiente de diversión y alegría.

Con toda su energía canalizada en los pequeños, Barbie apenas se dio cuenta de las madres que estaban observándolo todo. Sin embargo, ayudaron mucho para que los niños no fueran tras ellas después de la actuación.

Carole las siguió con el equipo de música.

—Ha sido absolutamente maravilloso —dijo entusiasmada una vez fuera de la casa—. Y mis amigas opinan lo mismo que yo.

—Fantástico— respondió Sue y se sacó un pequeño taco de tarjetas de la manga—. Por favor, repártalas. Y muchas gracias por ayudarnos con la música. Si quiere, ya puede volver.

—Encantada de verte de nuevo, Carole —añadió Barbie con rapidez. Esperaba que la hermana de Nick entendiera la indirecta y se marchara.

Pero la evasiva no funcionó.

—Os acompañaré hasta el coche. Entiendo que tengáis que marcharos. Barbie, estaba pensando...

«¡No, por favor!»

Consiguió esbozar una sonrisa mientras caminaban por el sendero, pero le hubiese gustado que Carole estuviera en otro planeta.

–...mi madre cumple cincuenta años este fin de semana y vamos a celebrar una fiesta para ella el sábado. Incluso vendrá Danny. Va a ser una gran reunión de familiares y amigos. Como en el veintiún cumpleaños de Nick. Me encantaría que vinieras.

El recuerdo del veintiún cumpleaños de Nick la revolvió por dentro.

–Lo siento, Carole, pero no puedo.

–¡Qué pena! Hubiese sido una agradable sorpresa que le cantaras el *Cumpleaños Feliz* a mamá. Siempre dijo que tenías una voz preciosa.

El comentario hizo Barbie apretara los dientes.

–Ahora me pagan por hacer eso.

De repente, Carole se puso tensa al darse cuenta de la metedura de pata.

–Lo siento si ha sonado... –suspiró mortificada pidiendo disculpas con la mirada–. Nuestras familias eran muy amigas. Solo pensé que podía ser agradable...

–Quizás en otra ocasión.

–Barbie. Te prometo que no estaba intentando obtener una actuación gratis. Quería tu compañía. Toda la familia estaría encantada de verte, estoy segura. Además habrá otros amigos de Wamberal con los que podrías ponerte al corriente.

Le costó un gran esfuerzo volver a sonreír, pero lo consiguió.

–Parece que tu madre va a tener un día muy bonito. Espero que disfrutéis mucho.

Al oír que Sue abría la puerta del conductor, Barbie oyó la señal para escapar, y despidiéndose con la mano, volvió a agradecerle la invitación.

–Tenemos que marcharnos –dijo Sue por la ventanilla del coche–. Permítame decirle que tiene unos hijos preciosos. Son fantásticos.

Lo cual era una salida perfecta. Sue arrancó el coche y se marcharon.

Carole seguía allí de pie con un gesto de preocupación en la cara. Barbie sacó la mano por la ventanilla para saludarla una vez más. Deseó no haberse ofendido por la desafortunada invitación. Si volvían a encontrarse, probablemente se sentirían incomodas.

Una cosa estaba clara, ya no podía seguir con el tema de Anne Balm. Si los dos hermanos se ponían en contacto para la celebración del cumpleaños de su madre...

–Parece que Nick no te ha invitado a ese gran evento familiar –dijo Sue con ironía.

–No, todavía no.

–¿Ni siquiera lo mencionó durante todas las horas de charla?

El énfasis burlón en la palabra «charla» hizo que Barbie saltara a la defensiva.

–No. ¿Por qué tenía que haberlo hecho? Sean cuales sean sus intenciones, acaba de conocerme. No va a invitarme a una reunión familiar el primer día que salimos.

–Probablemente te ha estado engatusando para

conseguir lo que quería. Seguro que pasaste más tiempo en la cama que en ningún otro sitio.

—Eso es asunto mío —protestó Barbie disgustada por la actitud cínica de su amiga.

—Bueno, pues entonces quítate la venda de los ojos —le respondió Sue exasperada—. Seguro que al final de la noche no era a Anne Balm a la que tenía en mente o donde fuera que la tuviese. Sabe quién eres. O por lo menos lo sospecha. ¿Quién te crees que le habló a Carole de Fiestas en Casa?

Barbie se sentía abrumada por la certidumbre de Sue.

—¿Qué quieres decir exactamente?

—Carole hizo la reserva justo una hora después de que hablaras con Nick. Antes de que acabe el día, su hermana le confirmará que la compañera de Sue Olsen es Barbie Lamb.

—Podría ser una coincidencia —gritó Barbie intentando controlar la oleada de humillación que le provocó la interpretación de Sue.

—Y los cerdos vuelan.

—No es posible que Nick le haya dicho nada. Carole no me esperaba. Fuiste tú la que dijo mi nombre y entonces me reconoció.

—Unos ojos inconfundibles. Fueron sus palabras. ¿Cuánto tiempo estuvo mirándolos Nick durante la cena? Y no olvides que yo te llamé «Barbie» en su oficina, antes de que decidieras cambiar de identidad. ¿Crees que es tan tonto como para no saber sumar dos y dos?

A Barbie se le revolvió el estómago al recordar

su comentario sobre los ojos que le recordaban a una niña que había conocido.

—Reconócelo. Ha utilizado a su hermana para comprobar quién eras y probablemente ahora esté al teléfono contándole el resultado. Así es que, por favor te lo pido, no sigas haciendo el idiota. Esta noche cuando lo veas no intentes seguir haciéndote pasar por otra.

Hacer el idiota.

Sue no sabía hasta qué punto lo había hecho.

Las preguntas de Nick, sus comentarios sobre ser una reproducción artificial, de mentira. Y luego ella pidiéndole que la besara, rasgándole la camisa... En ningún momento pensó que él supiera o sospechara que ella era la misma Barbie Lamb que él un día echó de su vida.

En ese momento, deseó que la tierra se la tragara.

—A lo mejor, esa fiesta de la que te ha hablado Carole es la fiesta a la que me ha invitado a mí Leon —murmuró Sue—. Es el sábado por la noche —le dijo su amiga con gesto preocupado—. ¿Qué vas a hacer?

—No lo sé, Sue —contestó con desconsuelo.

—Me imagino que no querrás oír un «te lo dije». Al menos tienes el resto del día para idear algo.

Barbie cerró los ojos sintiéndose demasiado enferma como para pensar.

—Espero que se te ocurra una buena idea —dijo con dulzura.

La dulce venganza, pensó Barbie, se estaba convirtiendo en un camino de espinas.

Capítulo 13

NICK esperó con impaciencia hasta las dos para llamar a su hermana. Sabía que los niños estarían durmiendo la siesta a esa hora y prefirió esperar porque no quería que nada la distrajera cuando le contara sus impresiones.

El sonido del teléfono al otro lado de la línea le estaba poniendo los nervios de punta. Por fin, Carole contestó.

—¿Diga?

—Hola, soy Nick. ¿Dónde estabas?

—Arreglando el desorden de la fiesta.

—¿Cómo fue todo?

—¡Oh Nick! Nunca adivinarías...

—¿Adivinar qué? —preguntó, nervioso. Tenía que haber sucedido. Tenía que haberla reconocido para que ahora ella estuviera obligada a decirle la verdad.

—La fiesta salió fenomenal. Fue una gran idea. A los niños les encantó. Y tu idea de llamar a Fiestas en Casa y contratar una actuación fue fantástica.

«Ve al grano», la apremió Nick en silencio.

—Pero cuando las chicas que actuaban aparecieron... ¡Nick, una de ellas era Barbie Lamb! ¿Te acuerdas de Barbie? La chica por la que Danny estaba colado cuando estábamos en el colegio.

–Sí, me acuerdo. «Por fin, la verdad iba a salir a la luz».

–Estaba tan sorprendida. No tenía ni idea de que se hubiera dedicado a la canción. Y es realmente buena, Nick. Genial, de verdad. Me habría encantado poder charlar con ella, pero...

–¿Pero qué? –preguntó Nick incómodo con el suspiro que había emitido.

–No creo que fuera una agradable sorpresa para ella encontrarme de nuevo.

–¿Por qué piensas eso?

–Bueno, porque no se puso a hablar conmigo sobre los viejos tiempos, ya sabes, lo típico cuando dos personas se encuentran después de mucho tiempo. Habló únicamente de negocios. Cortando cualquier comentario personal.

La sorpresa, pensó Nick. Comprensible dadas las circunstancias.

–Pero eso no me importó –continuó Carole–. Porque vi que estaban preparadas para la actuación. Y, de verdad, fue un entretenimiento fantástico.

–Me alegro.

–No sé por qué, se me ocurrió que sería estupendo que Barbie fuera a la fiesta de mamá... ya sabes, hablar de los viejos tiempos, del presente... y entonces metí la pata, Nick. Me siento fatal.

Un sentimiento desagradable le recorrió la espina dorsal.

—¿Qué pasó?

—Bueno, primero dijo que no estaba libre. Y como sabía que era una invitación de última hora lo entendí. Aunque ni siquiera se paró a considerarlo. Pero fue después cuando me di cuenta de que no le interesaba en absoluto.

Nick frunció el ceño. Si estaba interesada en él, debía haber mostrado interés en la fiesta. Quizás se sintiera fatal sabiendo que iba a tener que confesar quién era. Además, él no le había mencionado la fiesta. Tenía la mente puesta en lograr que ella confesara.

Carole tomó aliento y continuó hablando.

—Deseaba que viniera y cometí el error de decirle que sería estupendo que le cantara a mamá como lo había hecho para ti en tu veintiún cumpleaños.

Nick se quedó de piedra. Realmente, debía de haberle traído un mal recuerdo.

—Me dirigió una mirada, Nick. Era como si quisiera matarme. ¿Sabes lo que me dijo? Que ahora le pagaban por hacer eso. Como si yo quisiera utilizarla, gratis... fue horroroso.

—Desde luego, no fue muy afortunado, Carole.

—Intenté explicarle que era un tema de amistad... Y ella fue muy educada pero cortante. Me sentí fatal. De verdad, me hubiese gustado volver a verla de nuevo.

—Quizás tengas otra oportunidad —dijo Nick con esperanza.

¿Sería la atracción tan fuerte como para superar el daño?

–No –respondió Carole–. No podría haberse marchado más rápido. Fue muy triste. Habíamos sido tan amigas... No quise que pensara que quería aprovecharme de ella, como si su amistad no importara.

«Aprovecharse... » No; Barbie no podía pensar que se hubiera aprovechado de ella porque lo había pedido, lo había querido. ¿Se habría aprovechado ella de él? «Un sueño hecho realidad»

Nick meneó la cabeza pensando que estaba siguiendo la línea de pensamiento de su hermana.

–Quizás tocaste una fibra sensible, Carole. Como pedirle consejo a un médico cuando está en una reunión social.

–A lo mejor tienes razón. Me imagino que a la gente del mundo del espectáculo se la explota. Y a saber qué ha sido de su vida desde que se fue de Wamberal. Han pasados muchos años. Quizás para ella no haya marcha atrás.

«Ni tampoco podemos cambiar nada de lo que hemos hecho», pensó apesadumbrado.

–Nunca me había sentido tan... vapuleada...

–Siento que te sintieras así –dijo sintiéndose cada vez peor.

No había previsto ese resultado. Había querido que Barbie le dijera la verdad. El encuentro con su hermana le decía que cualquier futuro con ella iba a ser difícil de conseguir.

–Por mi culpa... por ser tan directa –dijo Carole triste.

–Probablemente haya algo más que eso –dijo para tranquilizarla, demasiado consciente de su culpa por crear esa situación.

–¿Como qué? ¿Que no nos quiere en su vida?

–Por ejemplo.

–Ese tipo de rechazo es horrible, ¿verdad?

–Sí.

–Aunque no es que tú sepas mucho de rechazos –dijo con una sonrisa–. ¡Menudo soltero de oro!

–Bueno, mi vida no es un camino de rosas.

–¿Las cosas no van bien con Tanya?

–Eso se acabó.

–¡Vaya! ¿Vas a traer a alguien nuevo a la fiesta de mamá?

–Mi vida amorosa está un poco en el aire en este momento. Prefiero no hablar de eso.

–De acuerdo. ¡Ah, Nick! Gracias por sugerirme la actuación. Stuart se encuentra más animado.

–Me alegro por él. Dale un abrazo de mi parte y otro a Tina. Ahora tengo que marcharme.

–Gracias por llamar. Me ha gustado hablar contigo.

Nick colgó el teléfono, nada estaba saliendo bien.

Probablemente, la mujer que podría haberle dado todo iba a borrarlo de su vida.

¿Qué podría hacer?

Desde luego no se iba a quedar cruzado de brazos.

Iba a luchar, en todos los aspectos.

Ya era hora de que ella empezara a ver las cosas como eran. Y esa noche él se las iba a mostrar. El pasado era el pasado y ella debía olvidarlo.

La venganza no conducía a ningún sitio.

Al menos, a ningún sitio bueno.

Y Nick quería algo bueno para los dos.

Capítulo 14

ME largo de aquí!
La voz de Sue logró penetrar los oscuros pensamientos en los que Barbie estaba sumergida. Sacó la cabeza de debajo de la almohada e intentó concentrarse en su amiga.

—¿Adónde vas?

—No sé. Al cine. A donde sea. Está claro que no vas a salir –dijo mirando el estado desaliñado en que se encontraba–. Y no pienso quedarme aquí para ver cómo te peleas con Nick.

—No puedo salir con él.

—Va a venir a casa –le recordó con seriedad– ¿Qué piensas hacer? ¿Darle con la puerta en las narices?

—No lo sé. ¡No sé qué puedo hacer! –gritó con angustia.

—No me pega que sea el tipo de hombre al que le puedan cerrar la puerta en las narices. Así es que te dejo sola. Faltan solo quince minutos para las siete, será mejor que te des prisa.

Una vez dicho eso, Sue se marchó.

Un cuarto de hora...

El orgullo hizo que saliera de la cama para

arreglarse un poco. Se quitó la ropa que llevaba y se puso unos vaqueros limpios y una camisa de cuadros que se dejó por fuera. No le apetecía que Nick la encontrara atractiva.

Se cepilló el pelo, pero no se puso ni gota de maquillaje. Barbie Lamb al natural, pensó con sarcasmo mientras se miraba al espejo. Esa noche, Nick no podría decir que iba disfrazada.

El timbre sonó y su corazón dio un vuelco.

La rata sin escrúpulos que le había dado la cuerda para que ella misma se ahorcara estaba en la puerta esperando para darle otro mordisco.

Antes de llevársela a su dormitorio, ya sabía quién era. Lo que allí sucedió no tuvo nada que ver con Anne Balm, una mujer a la que acababa de conocer. Las concesiones que le había sacado en el calor del momento se las había arrancado a Barbie. El objetivo era obtener una ventaja para futuros encuentros.

Pero ella lo había deseado.

Le había suplicado.

Le había hecho el amor.

Muerta de vergüenza por las humillaciones, Barbie hizo un esfuerzo para abrir la puerta que la separaba de Nick Armstrong. No quería hacerlo, pero Sue tenía razón. Sabía que no se iba a marchar sin verla. Además, sentía curiosidad por saber cómo iba a explicar su comportamiento.

En ese momento, no había ningún hermano pequeño que ofrecer como excusa. Y la razón por la que había metido a su hermana en el asunto carecía de toda lógica. No necesitaba que Carole le dijera quién era ella porque ya lo sabía. Había sido un juego sucio, como el gato que juega con el ratón antes de comérselo. Igual que había hecho con ella el lunes por la noche.

Barbie abrió la puerta con rabia contenida decidida a dejar las cosas claras. Sus ojos grises eran tan duros y letales como dos balas de plata, pero las balas alcanzaron un objetivo totalmente inesperado.

¡Sus alas!

Él tenía las alas de hada en la mano... ¡y estaban completamente restauradas!

Con solo echarle un vistazo, Nick se dio cuenta de que lo esperaba una tempestad. La tensión lo invadió al darse cuenta que todas las armas femeninas utilizadas para la seducción habían sido abandonadas. No llevaba maquillaje, ni una gota de carmín, y su ropa era más apropiada para hacer las tareas de la casa que para recibir al hombre que una desea.

¡Esfúmate!

El mensaje le llegaba claro y significaba que lo había llevado hasta lo más alto para que la caída fuera lo más dolorosa posible.

El descubrimiento le produjo un ataque de rabia.

No se merecía eso.

Y no lo iba a admitir.

—Abre más la puerta para que pueda darte las alas —le dijo con determinación y aprovechó que la había pillado desprevenida para colarse dentro–. No querrás que se estropeen.

Barbie se había quedado de piedra al ver lo que le llevaba y lo dejó pasar sin oponer ninguna resistencia. Él dejó las alas apoyadas en la pared de enfrente. Ahora estaba en el corazón de su territorio y no iba a ceder ni un ápice del terreno ganado.

Barbie cerró la puerta de manera automática observando la prueba de que era importante para él. ¿Cuándo habría tenido tiempo para arreglarlas? Se sentía tan confundida como cuando las vio en su oficina.

–¿Cómo lo hiciste? –preguntó llena de incredulidad.

Él se acercó a ella con una sonrisa irónica.

–Contraté a una modista de disfraces el lunes por la tarde.

–Así que lo hizo otra persona.

–Quería que estuvieran perfectas.

–Me imagino que tienes la costumbre de utilizar el dinero para allanar cualquier dificultad.

Él levantó un poco la barbilla y sus ojos se entrecerraron por el comentario ingrato.

–Solo quería complacerte.

–Complacerte a ti mismo –dijo de golpe–. Complacerte en comprobar hasta dónde se atrevía a llegar Barbie Lamb.

Nick se quedó helado por la acusación.

La furia que había almacenado en su interior después de descubrir su juego salía a borbotones:

–No creas que puedes burlarte de mí. Sé que sabes quién soy. Incluso puedo decirte cuándo lo descubriste exactamente: cuando hiciste el comentario sobre mis ojos durante la cena.

–Entonces, ¿por qué no me dijiste la verdad? –le respondió con dureza–. ¿Por qué mentiste, en primer lugar, y por qué continuaste con la mentira. Te di muchas oportunidades para que lo admitieras.

Ella se cruzó de brazos a la defensiva.

–No quería que me asociaras con la chica que te seguía a todos lados y a la que tuviste que parar los pies. Sin embargo, me descubriste fácilmente. Tenías que habérmelo dicho en lugar de jugar conmigo

–Te recuerdo que era tu juego –respondió con furia en la mirada–. Y no sabía qué diablos pretendías.

–Si tanto te preocupaba, ¿por qué no lo preguntaste directamente?

–¿Y que me rechazaras?

–Lo mismo que tú hiciste. ¿Te sientes un poco culpable, Nick? ¿Decidiste que lo que yo pretendía era conseguirte para después abandonarte?

–Era una posibilidad –respondió con las mejillas rojas por el calor de la discusión.

–Así es que, en lugar de arriesgarte, decidiste pintar el pasado de un color diferente. Seguro que te inventaste esa historia sobre Danny.

–No me la inventé –aseguró con fuerza.

Ella movió la cabeza con incredulidad.

–Bueno, esta vez no me has rechazado. Fuiste directamente a tu piso, a tu dormitorio...

–Podrías haber parado cuando quisieras.

–Tú también. Pero te parecería muy divertido, ¿no? La chica que había estado colada por ti en el pasado volvía ahora dispuesta a meterse en la cama contigo. ¿Te sentiste bien al conseguir que admitiera que te deseaba, que te suplicara?

–¡Maldita sea! –explotó elevando las manos con un gesto de frustración–. Estás retorciéndolo todo. Solo quería que admitieras quién eras, que todo fuera real entre nosotros.

–Yo era de carne y hueso. ¿Sueles conseguir algo más real?

–No pensé que fueras a llegar tan lejos sin identificarte. Y te di un montón de ocasiones para hacerlo.

Nick comenzó a caminar hacia ella con los brazos extendidos a modo de súplica.

–¡Quédate donde estás, Nick Armstrong! –ordenó con fuego en la mirada–. Ahora soy yo la que manda.

Nick dejó caer los brazos.

–Siempre fuiste tú, Barbie. La actuación de hada tenía como objetivo excitarme, no lo niegues.

–Sí –reconoció con orgullo beligerante–. Quería provocar una reacción diferente a la que provoqué en tu veintiún cumpleaños.

–Dulce venganza –dijo, asintiendo con la cabeza como si lo hubiese sabido todo el tiempo–. ¿Te divirtió mucho marcharte después de haberme cautivado?

Barbie se negó a sentirse culpable. Ya le había hecho pagar caro esa pequeña venganza.

–Esa era la intención –reconoció con franqueza–, pero cuando me besaste... –el recuerdo de la respuesta la hizo ponerse colorada–... agitaste todo mi ser y deseé no haberlo hecho.

–Pero después te lo pensaste dos veces y decidiste venir a mi oficina a por más –dijo inflexible–. Y cuando lo conseguiste, decidiste ir más y más lejos... llevándome hasta donde querías. Tampoco puedes negar eso.

–No sabía que tenías a Barbie Lamb en la cabeza –le dijo con resentimiento.

–Pero tú me tenías a mí en mente –se quejó mientras caminaba hacia ella hirviendo por las acusaciones–. Tú lo recordabas todo. Estuviste todo el tiempo cuestionándome, poniéndome a prueba. ¿Crees que no me di cuenta?

–No quería que lo notases –contestó Barbie, aunque sabía que él decía la verdad. Había conseguido que se sintiera incomoda con sus propios planes y tuvo que buscar una disculpa–: solo quería saber a qué atenerme contigo.

–Sin dejarme saber a qué tenía que atenerme yo contigo –respondió burlón–. ¿Durante cuánto tiempo iba a durar eso, Barbie? ¿Cuándo iba Anne Balm a convertirse en ti?

–No era mi intención vengarme. No, después de tu cumpleaños. Solo quería estar segura de que no se trataba de una historia de una sola noche... Te lo habría dicho cuando me sintiera segura contigo –se defendió Barbie.

Descruzó los brazos al ver que él se acercaba. Se quedó parado justo delante de ella utilizando la seguridad en sí mismo para hacerla sentir como si estuviera en el estrado de los acusados. Sus ojos la retaban de manera salvaje.

–¿Por qué trataste a mi hermana como lo hiciste... si querías tener algo conmigo? Primero, te negaste a recordar los viejos tiempos y luego rechazaste la invitación para la celebración familiar.

–Estaba asustada. Pensé que era una coincidencia y quise escapar rápidamente. Pero no era una coincidencia ¿verdad, Nick? No debías haber metido a tu hermana en esto.

–Fue lo único que se me ocurrió para evitar que siguieras escondiéndote. Para sacarte la verdad. Necesitaba saber qué sentimientos albergabas en tu corazón: ¿esperanza o venganza?

Fuera cual fuese, estaba claro que ahora no había la más mínima esperanza. La relación estaba irremediablemente dañada por el engaño y la decepción. Ya era imposible saber qué era verdad y qué mentira.

Él posó la mirada en su indumentaria.

–Viéndote con esa ropa la respuesta está clara. Ni siquiera te separas de la puerta. Es como si quisieras mostrarme la salida.

¿Era ese el final de lo que había empezado de manera tan prometedora? ¿Era eso lo que quería? Su corazón le gritaba que no y su mente luchaba por encontrar una salida. Antes de que pudiera decir o hacer nada, él apoyó las manos en sus hombros.

–Pero antes quiero darte la oportunidad de saborear la venganza más dulce.

Tenía la cara al lado de la de ella y sus ojos eran como imanes que atraían a su corazón. Se sentía destrozada. Su mente quería negar que alguna vez hubiese intentado vengarse.

Él deslizó las manos hasta la cara de ella y, mirándola a los ojos, le dijo:

–Te deseo, Barbie Lamb. Incluso sabiendo que vas a retorcer el cuchillo y echarme de tu vida –confesó mientras sus dedos le acariciaban las mejillas y el pelo–. ¿Es dulce escuchar cómo me declaro? Pues para que sea aún más dulce quiero que pruebes esa pasión, que la sientas.

Los latidos le martilleaban las sienes impidiéndole pensar: sabía que iba a besarla. Un burbujeo excitante le brillaba en los ojos, calentándole la sangre, despertando apetitos que no podía reprimir.

Entonces sus cálidos labios descendieron sobre los de ella atormentándola y llenándola de placer. No la forzó para que abriera la boca, esperó a que ella lo hiciera por decisión propia.

¿Volvería a pasar de nuevo? ¿Incluso después de tantas acusaciones? Barbie ya no podía discernir lo que estaba bien de lo que estaba mal. Deseó un beso más profundo y, sin darse cuenta, sus labios se abrieron como los pétalos de una flor.

De manera instantánea, la embargó una sensación erótica. Desde la coronilla hasta la punta de los pies. Su beso era tan poderoso, tan apasionado, tan penetrante, que era totalmente imposible resistirse. El único pensamiento que persistía en su mente estaba relacionado con la necesidad salvaje de responderle y de poseerlo.

Subió las manos hasta su cabeza y le introdujo los dedos en el pelo. Él la envolvió con un abrazo. Podía sentir cómo la estrujaba contra su cuerpo haciendo patente su excitación. El deseo no era mentira, podía saborearlo, sentirlo... De nuevo, Barbie gozó con él.

Sintió cómo su mano se movía bajo la camisa y le acariciaba la espalda. Después, le desabrochó el sujetador y una voz de alerta tronó en la cabeza de Barbie traspasando su propio deseo ¿Estaba bien esa necesidad imperiosa de satisfacción sexual?

Sus pechos le dolían anhelando su caricia. Era totalmente consciente de la mano que se deslizaba por su carne, de los dedos que apretaban sus pezones con suavidad, que los frotaban. Estaban tan duros y sensibles, que de su garganta salió un quejido. Quería más, no quería hacer ninguna pausa para considerar la situación.

Entonces, él deslizó sus manos con la intención de desabrocharle el pantalón. Barbie se dio cuenta de que pretendía tomarla allí mismo, contra la puerta. ¿Era esa la única manera en que Nick podía quererla? ¿Estaría utilizando el sexo para mantenerla a su lado... para obtener más sexo?

Un dolor repentino invadió su corazón y eclipsó la necesidad latente de todo su cuerpo. Separó las manos de su pelo y lo apartó de su boca.

–¡No! –dijo tomando aire–. ¡No! –repitió con un grito de angustia negando al mismo tiempo su propio deseo.

–Este es el presente, Barbie. Siéntelo, dale una oportunidad –suplicó Nick con ojos abrasadores.

Volvió a rodearla con sus brazos, a presionarla con su erección, recordándole abiertamente lo que habían compartido juntos.

–Barbie, lo que hay entre nosotros es muy especial –le aseguró acariciándola con su aliento–. Lo sabes. Y no voy a permitir que renuncies solo porque hice lo que creí mejor para ti hace nueve años.

¡Lo mejor para ella!

Eso era el colmo.

Desde luego, estaba mintiendo descaradamente.

El deseo que sentía no era mentira. Pero estaba intentando manipular sus sentimientos igual que la había manipulado el lunes o esa mañana al arreglar el encuentro con su hermana. Ese era el Nick que quería las cosas a su manera, sin importar lo que ella sintiera.

Lo golpeó con las manos en el pecho empujándolo con todas sus fuerzas.

–¡Suéltame! ¡Aléjate de mí!

La violencia con la que lo trató lo hizo retroceder unos pasos. Nick levantó los brazos a modo de súplica.

–¿Por qué? –preguntó–. Estabas conmigo. Igual que cuando hicimos el amor el lunes. No te estaba forzando...

–No. Pero el sexo no lo es todo. Por lo menos para mí –le gritó acusándolo con los ojos de haberse aprovechado de su vulnerabilidad.

–Ha sido la cosa más honesta que ha habido entre nosotros.

–En eso tienes razón. Pero quiero más sinceridad. Lo mejor para mí –añadió con ironía–. Lo único que te importa es lo mejor para ti. No tuviste en cuenta mis sentimientos hace nueve años, ni tampoco ahora... tenderme una trampa con tu hermana... las cosas solo podían tomar el curso que tú decidieras.

Su cara se tensó como si lo hubiera golpeado físicamente. Movió la cabeza de un lado para otro. Cuando sus ojos se volvieron a encontrar, los de él estaban sombríos, ya no había ningún fuego que combatir.

–Realmente creía que era lo mejor para ti –dijo con dulzura–. Eras muy especial, demasiado especial para permitir que centraras toda tu vida en mí. A los dieciséis años, aún hay mucho por descubrir...

Su lógico razonamiento abría pequeñas heridas. Era como si él fuera el adulto objetivo que explica algo a un niño y ella ya no era una niña.

–Si yo era tan especial, ¿por qué no intentaste nunca buscarme, Nick?

Él se encogió de hombros.

–Así es la vida. Tú te marchaste, yo empecé con los negocios...

–La verdad es que nunca me volviste a dedicar ni un pensamiento hasta que volví a tu vida.

–No; eso no es cierto –contestó dando un gran suspiro–. No puedo cambiar el pasado, Barbie. Siento mucho que mi decisión te hiciera tanto daño. Sé que no manejé bien la situación...

El devastador sentimiento de aquella noche volvió a la mente de Barbie. La necesidad de mostrarle lo que sentía, de ver agradecimiento y comprensión en sus ojos. Pero allí no había habido nada de eso. Él había decidido que no podía ser.

En esos momentos, volvió a escudriñar sus ojos en busca de alguna prueba de ternura, de estima, incluso de deseo. Pero en ellos no encontró nada. Parecían vacíos, derrotados, sin vida.

—Después de eso... —continuó con una suavidad que borraba cualquier resentimiento que pudiera sentir—. Bueno, pensé que tu vida había seguido su propio curso. Y así ha sido. Demasiado alejado de mí para poder alcanzarlo. Me gustaría que no fuera así... pero esta vez no hay una segunda oportunidad.

Nick se echó la mano al bolsillo y sacó algo. ¡Un reloj! ¡Un viejo reloj! El corazón le dio un vuelco al reconocerlo. Tenía que estar equivocada. Era imposible que lo hubiera guardado todos esos años...

—Tómalo —le ordenó él.

Ella lo aceptó a regañadientes.

—Quizás no te busqué, Barbie, pero nunca te olvidé.

Antes de que ella pudiera decir nada, él pasó a su lado, abrió la puerta y salió de su vida.

Capítulo 15

OTRA oportunidad...

Barbie deseaba otra oportunidad.

Se estaba rociando el pelo con escarcha plateada mientras pensaba en lo importante que era que todo estuviera perfecto esa noche. El hada madrina tenía que hacer verdadera magia en lo que iba a ser la actuación más crítica de su vida. Cualquier futuro con Nick dependería de lo bien que lo hiciera.

Pensaba que se daría cuenta de que actuaba movida por la esperanza y no por la venganza. Aun así, al dejar el bote sobre el tocador, su mirada se fijó en el reloj que Nick le había devuelto y el miedo le encogió el estómago. ¿Habría matado cualquier atisbo de esperanza al rechazar sus explicaciones? Si no lo hubiera juzgado tan duramente, quizás no habría acabado todo tan mal.

Tomó el reloj, lo acarició para que le diera suerte y lo metió en el bolso. Nick lo había guardado durante nueve años y quizás le sirviera de talismán.

El reflejo en el espejo le dijo que ya estaba perfecta, que ya no había nada más que pudiera hacer. Si hacía el ridículo no importaba. Era imposible perder más de lo que ya había perdido, y si ganaba... Su corazón tembló al imaginar que Nick volvía a mirarla con deseo.

Tomó aliento y se dispuso a emprender el trayecto que iba a decidir el futuro de los dos, sea cual fuere el resultado. Leon Webster había recogido a Sue hacía dos horas, por lo que imaginó que la fiesta de cumpleaños de la madre de Nick estaría en pleno apogeo. Su aparición sería una absoluta sorpresa. Solo esperaba que Sue comprendiera...

Si le hubiera confiado sus propósitos a su amiga, habría provocado una discusión y en la mente de Barbie no había nada que discutir. Pensaba que esa actuación podía darle otra oportunidad con Nick y por lo tanto nadie iba a frenarla. Además, Carole Huntley la había invitado personalmente. Si Nick no respondía bien... se marcharía.

Colocó las alas y la varita, que ya estaban totalmente reparadas, en la parte de atrás del coche, junto al equipo de música. Comprobó que lo tenía todo y se sentó en el asiento del conductor. El camino de Ryde a Pymble era bastante corto, pero se le hizo interminable. Cuando al final llegó a su destino encontró que la calle estaba llena de coches; pero, para gran alivio suyo, en la entrada al garaje de los Huntley había suficiente espacio para dejar el suyo.

Resultó un verdadero esfuerzo sacar todas las cosas sin que se le cayeran y aún más difícil fue colocarse las alas en las ranuras del vestido. Deseó que Sue la pudiera ayudar, pero seguía pensando que no era una buena idea involucrar a su amiga en ese asunto.

Una vez que consiguió colocarse las alas, logró caminar por el sendero que conducía a la entrada sin tropezar. El ruido de la fiesta parecía venir de la parte de atrás de la casa lo que le ponía las cosas más fáciles.

Llamó al timbre y deseó que quien quiera que abriera la puerta aceptara sus explicaciones sin poner objeciones.

«¿Y si era Nick?»

La sola idea la hizo sentirse mareada. Estaba totalmente paralizada mientras esperaba a que le abrieran la puerta; pero cuando esto sucedió, se encontró con un verdadero milagro:

Carole Huntley

–¿Barbie...? –preguntó estupefacta.

Las palabras le salieron a borbotones.

–He venido a cantar para tu madre. Me lo pediste... Después de todo, podía venir y pensé... como dijiste que sería algo especial para ella...

–¡Que maravillosa sorpresa, Barbie! –dijo Carole entusiasmada–. Y veo que vienes de otra actuación –añadió mirando el traje de hada–. Estas estupenda.

–Entonces, ¿te parece bien?

–¡Genial!

–¿Me pones la música? –le dijo entregándole el equipo.

–Sí, claro.

–¿Están todos abajo?

Los ojos de Carole brillaban encantados por la conspiración.

—Espera aquí un momento que voy a reunir a los invitados en el salón, donde fue la fiesta de Stuart. ¿Te acuerdas? Vamos a darle la misma sorpresa que le dimos a los niños.

—Muy bien —dijo Barbie con alivio.

De repente, Carole frunció el ceño.

—Por supuesto, te pagaré por esto, Barbie. Nunca pretendí...

—Por favor, déjalo... Vamos a hacerlo y ya está. Si dejas la puerta entreabierta, podré oír la música...

Carole dudó un instante.

—Bueno, luego hablamos. ¿Puedes quedarte después?

—Sí —respondió esperanzada.

—Me alegro —dijo con una gran sonrisa—. Dame cinco minutos para reunirlos a todos. Cuando no haya moros en la costa puedes entrar y esperar en lo alto de la escalera para hacer tu aparición. ¿Te parece bien así?

—Perfecto. Gracias, Carole. En la cinta hay dos canciones. El Cumpleaños Feliz es la segunda, así que no creo que te equivoques con la cinta.

—Esto es fabuloso, Barbie. A mamá le va a encantar. Me voy a prepararlo todo.

Barbie se dijo que la suerte estaba de su lado. Podía escuchar a Carole dando órdenes a todo el mundo para que fueran al salón. Se asomó un poco por la puerta y, al ver que no quedaba nadie, entró muy despacio. Sus manos agarraban la varita con fuerza deseando que la suerte continuara.

Todo estaba tranquilo.

Se dirigió a las escaleras rezando para que las piernas no le temblaran. La música empezó y tragó saliva para aclarar la garganta. Cuando llegó el momento comenzó a cantar poniendo toda la esperanza de su corazón y de su alma en la canción...

Somewhere Over the Rainbow.

Una canción llena de esperanza. Esperaba que el arco iris también apareciera en su vida. Significaría que, a pesar del chaparrón, el sol volvía a brillar.

Su voz sonaba más preciosa que nunca, pero Barbie no lo sabía. Bajó las escaleras con majestuosidad, como si fuera una reina y esa fuera la misión más importante de su vida. No escuchó el murmullo de sorpresa y agrado que invadió la sala cuando ella apareció.

Vio a los padres de Nick, Judy y Keith Armstrong, sentados en un sofá en el extremo de la habitación y a su lado, los hijos: Nick y Danny al lado del padre y Carole con su marido al lado de la madre. Todos, excepto Nick, estaban sonriendo, disfrutando con la sorpresa.

Barbie se dirigió al centro de la habitación e intentó borrar de su mente la cara seria de Nick. Era plenamente consciente de los frenéticos latidos de su corazón, pero no podía permitir que el temor la embargara. La canción tenía que salir perfecta. Vio a Sue y la tranquilizó comprobar que su amiga estaba sonriendo mientras asentía con la cabeza en señal de aprobación.

¿La volvería a aceptar Nick? Intentó que en su voz se reflejara la esperanza y el optimismo. Extendió los brazos y la última estrofa sonó como un lamento. Esperaba que Nick la entendiera y le diera esa segunda oportunidad que tanto necesitaba.

Cuando Barbie acabó la canción, todos en la sala estallaron en aplausos. La cara de Judy Armstrong, aunque sonriente, estaba bañada de lágrimas. Keith le pasó un pañuelo mientras sonreía a Barbie. Ella les devolvió la sonrisa y se arriesgó a echarle una mirada a Nick. Seguía sin sonreír, pero ya no estaba tan serio, parecía como si estuviera sopesando la situación. Al menos, no se había encontrado con una mirada de acero. Estaba receptivo. Por lo menos, un poco.

Carole mandó callar a todos; todavía había más. La primera nota del Cumpleaños Feliz sonó en la sala y todos guardaron silencio. No era la canción sensual que había dedicado a Nick, sino una versión más tradicional. Barbie la cantó con todo el corazón mientras se dirigía a Judy Armstrong moviéndose lentamente, con la varita en alto.

–Piensa un deseo –le dijo con suavidad cuando la tuvo delante.

Después, se agachó para darle un beso en la mejilla.

–Felicidades–le susurró al oído.

–Gracias, Barbie. Me ha encantado tu actuación.

– *Over the Rainbow* es nuestra canción –intervino Keith–. Y tú la cantas mejor que Judy Garland. Estamos encantados de que estés aquí.

–Es un honor –contestó conmovida por su cariño.

–¡Carole! –llamó Keith–. Pon esa música otra vez. Tu madre y yo vamos a bailarla.

Al apartarse para permitir que la pareja pasara al centro de la habitación, Barbie se encontró al lado de Danny. Este, de manera instantánea, le tomó la mano libre y se la estrujó. Desde luego, ya no había ni rastro de timidez en su rostro. En la actualidad, parecía muy seguro con las mujeres.

–Has cantado fenomenal –dijo a modo de saludo–. Es un placer verte de nuevo, Barbie, te has convertido en una preciosidad.

Era muy atractivo, pero era el hombre equivocado; nunca le había interesado. Miró con ansiedad a Nick. ¿Iba a volver a apartarse para dejar paso a su hermano?

Él la estaba mirando con ojos abrasadores que interrogaban su alma. «¿Por qué estás aquí? ¿Qué quieres? ¿Qué hay de verdad en esto? ¿Es esperanza o venganza?»

La música comenzó de nuevo.

–¿Quieres bailar conmigo Barbie? –le preguntó Danny.

–¡No! –fue la respuesta vehemente de su hermano.

Danny se quedo sorprendido por la agresividad de su hermano.

–Esta vez no, Danny–. Barbie no es para ti.

Nunca lo fue. Y yo soy el que voy a bailar con ella. Vete por ahí a buscar a otra mujer.

Danny lo miraba boquiabierto.

–De acuerdo. Relájate. Solo pretendía...

–Meterte en medio. Como hiciste hace nueve años.

–Pero, Nick, eso es la prehistoria.

–No, para mí. Lárgate, Danny.

–De acuerdo, me largo –dijo Danny alejándose con los ojos como platos y rojo de vergüenza.

Nick dio un paso al frente y agarró a Barbie por la cintura para bailar con ella. El abrazo era fuerte y posesivo y parecía que el corazón quería salírsele del pecho.

–¡Eh, un momento! –interrumpió la voz de Sue–. Yo me quedo con esto –añadió tomando la varita y pasándosela a Leon–. También tengo que quitarte las alas para que no se estropeen.

–Sue tiene razón –dijo Leon–. No queremos más disgustos.

–Ya podéis bailar –anunció Sue con las alas en la mano–. O pelearos, o lo que queráis.

Leon y Sue eran dos almas gemelas y sabían cómo armonizar su mundo. Dejaron a Barbie y a Nick a solas para que hicieran lo que necesitaran con el suyo.

Nick le tomó la mano y entrelazó los dedos con los de ella.

–Dime que esto no es un juego, Barbie –pidió con intensidad.

–No es ningún juego, te lo prometo –le respondió con verdadero fervor.

Sus padres pasaron al lado bailando.

—¿Estáis bailando o qué? —preguntó su madre divertida.

Para no atraer más miradas curiosas, Nick se puso a bailar apretando a Barbie contra su pecho. Ella apenas podía oír la música de lo fuertes que eran los latidos de su corazón.

—¿Vamos a empezar de nuevo? —le dijo al oído con un murmullo apenas apreciable.

Barbie tembló de miedo. Tenía que darle la respuesta acertada. Quería que esta vez todo fuera diferente.

—Lo hice todo mal al utilizar un nombre falso. Lo sé. Y siento mucho haberlo liado todo entre nosotros —se disculpó con ansiedad—. La única excusa que puedo darte es... que me sentía tan insegura, Nick...

Él suspiró profundamente y ella sintió su aliento en el cabello.

—Yo fui demasiado rápido. Me maldije por ello. Si te hubiera dejado seguir siendo Ann Balm, quizás hubieses aprendido a confiar en mí.

Él hablaba del pasado, no del presente. No escuchaba esperanza en su voz, solo tristeza. Barbie sintió un gran peso en el corazón. Parecía que no pensaba en recuperar lo que habían perdido.

La música cesó.

Nick la soltó y, por un terrible instante, Barbie se sintió despechada. Todo había acabado. No había más oportunidades. Entonces, él la tomó de la mano.

—Ven conmigo —dijo llevándosela al jardín.

Los demás estaban cantando el *Cumpleaños Feliz* a la madre de Nick y nadie se dio cuenta de que salían. Corrió la puerta de cristal que daba al jardín y se la llevó fuera. Caminaron hasta el final, hasta una zona muy oscura.

–Aquí no nos molestarán –murmuró soltándole la mano y separándose de ella unos pasos.

Barbie no tenía ni idea de lo que pretendía. Una frágil esperanza le susurraba que él quería estar con ella. Quería hablar y eso podía ser una buena señal. Pero se sentía incapaz de pronunciar palabra.

–Siempre ha sido una cuestión de confianza –declaró Nick meneando la cabeza como si algo lo estuviera atormentando–. Lo hice tan mal hace nueve años...

–Nick, vamos a olvidarlo todo –suplicó deseando un futuro juntos.

–Tengo que hacerte comprender, Barbie. No podemos dejar pendiente este asunto –añadió con vehemencia–. Necesito que sepas que fuiste muy especial para mí. Incluso cuando era una niña pequeña, me mirabas de esa forma... con los ojos llenos de inocente confianza... Como si pensaras que nada podría pasarte porque yo estaba allí para protegerte.

–Eso es como el culto a los héroes –dijo deseando qué dejara de hablar del pasado, asustada de que no condujera a ningún lugar bueno.

–No, era algo más. Nadie más me daba esa sensación de... puro amor. Me imagino que se podría decir que me alimentaba de él, hasta que me di cuenta de lo egoísta que estaba siendo. Me convencí a mí mismo de que al forzar la ruptura te estaba dando libertad. Pero lo que rompí fue tu confianza mí.

«Era amor verdadero», quiso gritar Barbie, pero se mordió la lengua al no sentirse tan valiente como para confesar la verdad.

—Me odié por haberlo hecho, por haberte perdido —continuó Nick—, y supe que nunca más podría volver a tenerte. Así es que, cuando reconocí a Barbie Lamb en Anne Balm... me pilló desprevenido. Quería que volvieras a creer en mí. Cuando no lo hiciste, en lugar de enfrentarme a lo que yo había hecho, comencé a dejar de confiar en ti.

Nick extendió las manos a modo de súplica.

—Te juro que es verdad, Barbie. Durante estos nueve años, mi corazón ha estado como muerto. Ninguna de las relaciones que he tenido ha sido importante para mí. Después, hace una semana... —se acercó a ella, despacio, con ojos observadores, indagadores—... conocí a un hada de cuento. Y cuando ella me besó, fue como si hubiera hechizado mi cuerpo y mi alma — añadió con voz ronca.

—A mí me pasó lo mismo, Nick —susurró Barbie—. Por eso he querido venir vestida así hoy, para que volviera a suceder la misma magia.

—Barbie...

Barbie y Nick se fundieron en un beso apasionado. Necesitaban que todo saliera bien para que la magia volviera a surgir y los invadiera. El pasado ya no les interesaba. Solo importaba el presente y el viaje que pudieran emprender desde allí.

–Haré todo lo que esté en mi mano para recuperar tu confianza. Dame otra oportunidad, Barbie –le susurró al oído.

–Abrázame fuerte. No me sueltes.

–Nunca –le juró–. Nunca.

Y la besó con esa promesa en los labios, en el alma. Y sus corazones latieron al unísono.

–¿Nick?... ¿Barbie?... –era la voz de Carole que los llamaba.

Nick dejó de besarla con un suspiro.

–Sí... ¿qué pasa? –respondió de mala gana.

–Voy a traer el pastel de mamá. Os quiero a los dos dentro con todos los demás.

–Estaremos ahí en un minuto –aseguró a su hermana y luego, mirando a Barbie, le dijo–: ¿Te parece bien... enfrentarte a mi familia conmigo?

–¿Y a ti?

–Por mí no hay ningún problema. Estoy encantado de tenerte a mi lado y no me importa que todos sepan que eso es lo que quiero.

–Entonces, por mí tampoco hay problema.

Con un pulgar le acaricio la mejilla.

–Yo te cuidaré, Barbie.

–Confío en que lo harás –le aseguró con una sonrisa–. Este es el principio de nuestra segunda oportunidad.

–Sí –confirmó Nick.

Y juntos caminaron hacia la casa dejando la oscuridad detrás.

No había lugar para la oscuridad es sus corazones, solo para la magia.

Capítulo 16

POR unos días muy felices, Nick –dijo Leon levantando su copa de champán–. Y noches también–añadió con una sonrisa.

–Gracias –dijo Nick, devolviéndole la sonrisa.

Estaban en el exterior de la carpa de la Colina del Observatorio, tomando un poco de aire fresco. Barbie y Sue se habían ido a retocar.

El resto de la familia y amigos estaban en el interior, pero Nick no quería circular entre ellos sin llevar a su flamante esposa del brazo.

–La mujer apropiada, en el lugar apropiado y en el momento oportuno. ¿Sabes que día es hoy? Hoy es el día en que Julio César fue derrotado.

Nick rio a carcajadas.

–Yo renunciaría a cualquier corona por tener a Barbie por esposa. Es la única fecha que quedaba libre este mes para celebrar aquí la boda y no queríamos esperar más.

–Pero si solo han pasado cuatro meses –le recordó Leon.

Nick negó con la cabeza. Llevaba esperando toda la vida.

–Sue insiste en que embistes como un toro.

–Bueno, no parece que vosotros os estéis durmiendo en los laureles, querido amigo. Menuda esmeralda lleva Sue en su anillo de compromiso.

–No quiero perder a esa mujer. Pero aún tenemos mucho de que hablar.

–Cada uno a su ritmo, Leon.

–Estoy de acuerdo. Los dos hemos salido vencedores, y eso que aún no hemos cumplido los treinta y uno –declaró Leon lleno de satisfacción.

Nick sonrió por la costumbre de su amigo de echar siempre cuentas. La edad no tenía nada que ver con lo que sentía por Barbie. Ella había iluminado su vida de muchas maneras. Se maravillaba de lo afortunado que había sido. Barbie había decidido vengarse y el resultado había sido perfecto. Desde luego, había sido una buena idea celebrar su boda en el mismo sitio en el que se habían encontrado. La magia había funcionado en ese lugar y siempre sería muy especial para ellos.

–¿Qué estáis haciendo aquí fuera?

Los dos se volvieron a mirar a Danny.

–Esperando por nuestras mujeres –respondió Leon. Nos han dejado para empolvarse la nariz.

–Unas narices muy bonitas –comentó Danny sonriéndoles–. Tengo que deciros que habéis encontrado unas joyas.

Nick se sintió obligado a preguntar a su hermano:

–¿Sin rencores, Danny?

En un primer momento, Danny se quedó sorprendido, pero poco a poco fue comprendiendo.

–¿Por Barbie?

–Estabas colado por ella...

–Fue una obsesión de juventud –dijo Danny quitándole importancia–. De hecho, me alegro mucho de que hayáis acabado juntos. Ojalá no me hubiera puesto tan pesado hace nueve años. Entonces, no me di cuenta de que estaba fastidiando algo realmente especial; pero ahora lo veo claro. De verdad, Nick, me alegro muchísimo por los dos.

Danny dio un paso al frente con la mano extendida ofreciéndosela a su hermano y Nick la apretó con aprecio.

–Gracias, Danny.

Barbie y Sue aparecieron en ese momento.

–Leon, la orquesta está tocando un tango. ¿Vamos a bailar?

–Claro, preciosa.

Le dejó la copa de champán a Danny y se acercó a Sue bailando. Leon se la llevó a dentro. La felicidad que emanaban dejó a los otros tres sonriendo.

–¿Quieres bailar tú también? –le preguntó Nick a Barbie.

–Prefiero quedarme aquí un rato contigo.

–¡Bien! –dijo Danny y le tomó la copa de champán a Nick–. Un buen padrino sabe cómo cuidar de las necesidades de los novios–. Antes de desaparecer añadió–: lo mejor que Nick ha hecho en su vida; traerte a ti a la familia. Desde luego, estáis hechos el uno para el otro.

–Gracias, Danny –dijo Barbie.

Vio cómo se dirigía hacia la carpa y después miró a Nick inquisitiva.

—Solo quiere dejar clara su postura. No hay ningún problema con él. Se alegra por nosotros —le aseguró Nick.

—Para mí, solo fue, y es, tu hermano.

—Lo sé.

El sentimiento de lo afortunado que era se acentuó al verla acercarse... Estaba tan guapa vestida de novia, parecía un hada... Pero lo más precioso de todo era el amor que reflejaban sus ojos. Y la confianza que ya no iba a perder nunca.

Él extendió las manos y la envolvió con los brazos. Ella rodeó su cuello con los suyos.

—Llevas el reloj que te regalé —dijo Barbie—. No me di cuenta hasta que alzaste el brazo para brindar con mis padres.

—Me apeteció llevarlo hoy. Te quiero, Barbie. Para mí nunca habrá nadie más.

—Tampoco para mí —dijo en un murmullo—. Siempre fuiste el único... el amor de mi vida.

Y eso era la cosa más mágica de todas, pensó Nick mientras la besaba, que cuando el Destino volvió a cruzar sus caminos, ella todavía lo quería.

Él tuvo la oportunidad de descubrir que ella era la mujer que esperaba.

La única.

Su esposa... su alma gemela... el amor de su vida.

Acepte 2 de nuestras mejores novelas de amor GRATIS

¡Y reciba un regalo sorpresa!

Oferta especial de tiempo limitado

Rellene el cupón y envíelo a

Harlequin Reader Service®
3010 Walden Ave.
P.O. Box 1867
Buffalo, N.Y. 14240-1867

¡Si! Por favor, envíenme 2 novelas de amor de Harlequin (1 Bianca® y 1 Deseo®) gratis, más el regalo sorpresa. Luego remítanme 4 novelas nuevas todos los meses, las cuales recibiré mucho antes de que aparezcan en librerías, y factúrenme al bajo precio de $2,99 cada una, más $0,25 por envío e impuesto de ventas, si corresponde*. Este es el precio total, y es un ahorro de más del 10% sobre el precio de portada. !Una oferta excelente! Entiendo que el hecho de aceptar estos libros y el regalo no me obliga en forma alguna a la compra de libros adicionales. Y también que puedo devolver cualquier envío y cancelar en cualquier momento. Aún si decido no comprar ningún otro libro de Harlequin, los 2 libros gratis y el regalo sorpresa son míos para siempre.

416 BPA CESL

Nombre y apellido	(Por favor, letra de molde)

Dirección	Apartamento No.	

Ciudad	Estado	Zona postal

Esta oferta se limita a un pedido por hogar y no está disponible para los subscriptores actuales de Deseo® y Bianca®.
*Los términos y precios quedan sujetos a cambios sin aviso previo.
Impuestos de ventas aplican en N.Y.

SPB-198   ©1997 Harlequin Enterprises Limited

HARLEQUIN®
Deseo

AMOR
DESINTERESADO
Peggy Moreland

Penny Rawley no había cruzado todo el estado de Texas para permitir que Erik Thompson, su atractivo jefe, se aprovechara de su posición. Quizás fuera su nueva secretaria, pero había llegado a aquella poderosa empresa con una sola idea en mente: casarse con el hombre al que siempre había amado, aunque él se empeñara en no hacerle ningún caso, salvo para darle órdenes a gritos. Pero eso iba a cambiar...

Erik no podía creer lo que veían sus ojos: aquella sosa secretaria se había convertido en una mujer despampanante. Deseaba seducirla y demostrarle quién era el jefe... El problema era que no era eso lo que le dictaba su hasta entonces imperturbable corazón. Algo dentro de él lo impulsaba a hacer suya la encantadora inocencia de Penny.

PÍDELO EN TU PUNTO DE VENTA

Lucas Ryecart, nuevo jefe de Tory Lloyd,
estaba empeñado en convertirla en su amante,
pero Tory no iba a aceptar tan fácilmente porque
era consciente de que aquel guapísimo americano
no estaba dispuesto a comprometerse y, aunque llegara a hacerlo, acabaría abandonándola igual que
lo había hecho su prometido.

Aun así, Tory no podía negar la irresistible
atracción que sentía y, después de pasar tantas
horas trabajando juntos, su cuerpo acabó traicio-
nándola y cayendo en la tenta-
ción.

La amante secreta

Alison Fraser

PÍDELO EN TU PUNTO DE VENTA

ATRACCIÓN
IMPOSIBLE
Sara Orwig

El ranchero y campeón de rodeo Jeb Stuart estaba
empeñado en recuperar al hijo que su ex mujer había
dado en adopción, pero no había contado con el
amor que sentía el pequeño por Amanda Crockett, su
encantadora madre adoptiva.

Aquello llevó a Jeb a proponerle a Amanda un
matrimonio de conveniencia por el bien de su hijo.
Amanda enseguida descubrió que el plan era también
por el bien del propio Jeb, que quería llevársela a la
cama. Aunque sabía que debía proteger su corazón,
no podía resistirse a los apasionados avances de aquel
atractivo cowboy. En las calurosas noches texanas Jeb
la enseñó a disfrutar de su propia sensualidad pero,
¿podría ella enseñarlo a amar de nuevo?

PÍDELO EN TU PUNTO DE VENTA